AF200455

-Verhängnisvoller Traum-

Sandra Adam

Wohin der Weg deiner Träume
auch führt, folge ihm!

-Verhängnisvoller Traum-

Sandra Adam

Wohin der Weg deiner Träume
auch führt, folge ihm!

Herstellung und Verlag:
BoD - Books on Demand, Norderstedt

Facebook: @Sandra Adam-Autorin

Webseite: https://www.sandra-adam.de/

Cover: http://www.cover-and-art.de

Korrektorat: Doris Telega
(nordlicht.korrektorat@online.de)

Bibliografische Information der Deutschen
Nationalbibliothek: Die Deutsche Nationalbibliothek
verzeichnet diese Publikation in der Deutschen
Nationalbibliografie; detaillierte bibliografische Daten
sind im Internet über http://dnb.d-nb.de abrufbar.
ISBN: 9783750405745

Inhaltsverzeichnis

Was sind Träume?

Sind es nur Wünsche, Ideen oder können diese Wirklichkeit werden?

Lasst euch auf den nächsten Seiten überraschen und in eine Welt voller Träume, Liebe und Romantik mitnehmen.

Genießt den Charme des Nordens, der gar nicht so kühl ist, wie alle sagen.

„An der Nordseeküste ‚hicks, hicks‘ am plattdeutschen Strand sind die Fische im Wasser und selten an Land", trällere ich schwankend. „Ich liebe dieses Lied, es ist so, so lustig."

„Anna du hast etwas viel getrunken." Marta guckt mich vorwurfsvoll an und zieht eine Augenbraue hoch.

„Meinst du wirklich? Ach, hab dich nicht so. Nur ein ganz klitzekleines bisschen", erwidere ich abwinkend. „Wo ist Jan? Wo ist mein schnuckeliger Jan? Den mag ich." Hektisch blicke ich mich um. Oh, bloß nicht zu schnell bewegen, sonst dreht sich alles. Himmel, halte einer das Karussell an.

„ANNA!" Marta scheint sauer zu werden.

„Was denn? Lass mich doch. ‚Hicks‘. Ups, dieser lästige Schluckauf hört einfach nicht auf. Erschreck mich mal, dann bin ich den bestimmt los."

„Ich meine ja nur. Anna, lass die Finger von dem. Du hast einen Freund, der bestimmt nicht davon erbaut ist, wenn du hier halb, na wohl eher volltrunken, nach anderen Männern Ausschau hältst. Und dann noch nach solch einem

Schönling, der bestimmt in jeder Stadt eine andere hat." Sie schüttelt verzweifelnd den Kopf.

„Marta, du bist manchmal viel zu artig. Das stimmt nicht, bestimmt nicht! Ach, schau mal. Da ist er ja. Jaa-aaan!"

Marta verdreht die Augen, was ich in meinem Zustand nur belächeln kann. Plötzlich steht er auch schon vor mir.

„Hallo, meine Schöne. Darf ich dir was ausgeben? Entschuldigung, euch." Mit einem aufgesetzten Grinsen guckt er Marta an.

„Aber gerne doch, mein Hübscher. Ich nehme noch so einen. Wie heißt das Zeug noch gleich? Sex on die Meer. Ach, guck da. Mein Schluckauf ist weg."

„Sex on the Beach, Anna. Das kannst du gerne haben."

Ich kichere leise, das ist wohl eine Einladung. Mit meinem Cocktail in der Hand gehen wir Richtung Strand. Auweia, geradeaus laufen ist wirklich nicht mehr ganz einfach. Vielleicht hat Marta ja doch recht. Ich habe etwas zu viel getrunken. Aber diese Drinks haben es auch wirklich in sich. Den Alkohol schmeckt man kaum heraus. Oh, oh, mir dreht sich alles.

„Können wir uns setzen? Mir ist nicht so gut."

Ich fühle mich wie im Looping einer

Achterbahn. Zum Glück ist der Sand weich, so lassen wir uns einfach fallen und schauen aufs Meer hinaus. Die Wellen bewegen sich eindeutig zu schnell und das Achterbahngefühl will einfach nicht aufhören.

Jan ist ein Traumtyp: Groß, hellblonde längere Haare, braungebrannt. Ein richtiger Surfer Typ. Alle Mädchen drehen sich nach ihm um und er genießt es, angehimmelt zu werden. Ob Marta recht hat? Ich schüttle die Gedanken aus meinem Kopf. Gar keine gute Idee, den Kopf zu schütteln. Im Moment ist er nur mein. Er gehört an diesem Abend nur mir. Während wir so dasitzen und Jan redet, kommt er immer näher.

„Haben wir schon Brüderschaft getrunken?" Er blickt mir dabei tief in die Augen.

„Hä? Ne." Mir schwirrt der Kopf. Brüderschaft?

„Dann sollten wir das aber schleunigst tun."

Er grinst. Ich zucke nur mit den Schultern.

„Wenn du meinst", nuschle ich und hake meinen rechten Arm mit meinem Cocktail in seinen rechten und wir trinken, ineinander verhakt, einen Schluck.

„Und nun der Kuss." Er schaut mich erwartungsvoll an.

Ein Kuss? Nun, gegen einen kleinen Kuss kann

11

ja keiner was haben. Nicht einmal mein Freund, rede ich mir ein. Ist ja nur Brüderschaft trinken. Er kommt näher, drückt gierig seine Lippen auf meine und schiebt seine Zunge zwischen meine Lippen. Ich bin etwas überrumpelt, doch wegen des Alkoholpegels lasse ich ihn gewähren. Was ist schon dabei? Es ist nur ein kleiner Kuss. Mein Gewissen lallt vor sich hin, es ist nicht okay. Aber ich höre es kaum. Leidenschaftlich und voller Gier küsst er mich. Seine Hände wandern unter mein Shirt, schieben meinen BH hoch und umkreisen meine Brüste.

„Ich habe einen Freund", nuschle ich zwischen seinen wilden Küssen, was er aber überhört oder überhören will.

Ihn scheint es, weder zu interessieren noch groß zu stören. Mein Alkoholspiegel ist eindeutig zu hoch, um noch irgendwie groß nachdenken zu können. Seine Hände sind einfach überall, genau wie seine Lippen. Rücklings liege ich im Sand und er schiebt meinen eh schon viel kurzen Rock nach oben, entfernt meine Unterhose, welche auch schon knapp bemessen ist, ohne auch nur kurz von mir abzulassen. Ich kann es nicht genießen. Ob es am Alkohol oder an meinem Gewissen liegt, weiß ich nicht. Wie viele Arme und Lippen hat dieser Mensch? Plötzlich höre ich ein *Ratsch*, das von der Verpackung des Kondoms stammt, welches er sich, ohne hinzusehen, gekonnt überstülpt. Das ist sicher nicht sein erstes Mal. Aber wieso hat er Kondome dabei? Sind die immer in seiner Tasche oder hat er geplant, mich zu verführen? Ich weiß nicht, welcher Gedanke mich mehr schockiert. Allerdings, verführen kann man das gerade nicht nennen.

Ehe ich auch nur im Entferntesten bereit bin, dringt er in mich ein und rubbelt auf mir herum wie ein Wilder.

Hallo?

Sind wir Kaninchen? Ich will etwas sagen, doch schon gelangt seine Zunge in meinen Mund und mir versagt die Stimme. Küssen kann er ja, das muss man ihm lassen. Wenn er nur genauso gut im Bett wäre. Erneut versuche ich, ihm klar zu machen, dass es mir nicht gefällt, doch er merkt es nicht. Was ein Idiot. Gut aussehen und verführerisch küssen ist nicht alles. Noch bevor ich mich versehe und realisiere, dass das nicht in Ordnung ist, ist er fertig und rollt sich runter. Mit einem tiefen Seufzer entfernt er das Kondom, macht einen Knoten rein und wirft es zur Seite. Mit den Worten *Bin ich nicht gut?* steht er auf, klopft sich den Sand von den Klamotten und guckt mich an. Nun schwirrt mir der Kopf noch mehr und mir ist speiübel. Ich muss dringend zu Marta. Ich habe gerade meinen Freund betrogen und es war schrecklich!

KAPITEL 1

***

Es ist ruhig und friedlich, angenehm friedlich. Die Sonne scheint warm, nur ein paar Wolken sind am Himmel. Sie formen sich zu Figuren, sehen aus, wie aus Watte gemacht. Eine ähnelt Fuchur, dem Drachen aus der unendlichen Geschichte. Eine andere wiederum sieht aus wie ein Schwert oder ein Vogel.

„Die Blumen riechen einfach himmlisch", flüstere ich und atme den lieblichen Duft tief ein. Ein paar Bienen summen um uns rum.

„Wollen wir uns setzen?", fragt John und schaut mir dabei tief in die Augen. Seine hübschen braunen Augen strahlen mich förmlich an. Sein Lächeln ist zum Dahinschmelzen. „Wir laufen schon eine gefühlte Ewigkeit."

Auf eine Bank ganz in der Nähe lassen wir uns fallen. Vorsichtig streichelt er meinen Arm, es kribbelt und ich bekomme eine Gänsehaut. Das ist nicht gut, das darf nicht sein, aber es gefällt mir. Beschämt gucke ich zu Boden, während mein Kopf sich an seine Schulter schmiegt. Mein Gewissen meldet sich zu Wort. Es tut gut und es gefällt mir, aber nein, es darf nicht sein. Auch

John genießt sichtlich meine Nähe. Wir beobachten die Bienen, wie sie auf den Blumen landen, eine Hummel, die rücklings an einem Gänseblümchen hängt, um den wertvollen Nektar zu ergattern. Ich muss schmunzeln.

„Dass der Stängel nicht abknickt bei dem dicken Ding."

Als wenn die Hummel das gehört hat, schwirrt sie los. Still sitzen wir auf der Bank, unserer Bank, und beobachten das emsige Treiben der Bienen, Hummeln und Schmetterlinge. Sanft streichelt er dabei über mein Haar, zupft und dreht eine Locke, die sich mal wieder aus meinem Zopf gelöst hat. Egal, wie oft ich den Zopf auch festziehe, meine Haare sind und bleiben störrisch und führen quasi ein Eigenleben. So könnte ich ewig verweilen …

Was ist das für ein Geräusch? Wo kommt die Musik her? Haben wir ein Radio dabei? Verwirrt blicke ich mich um.

***

Ich schlage die Augen auf und blinzle verwirrt. Wo bin ich? Ah, in meinem Bett in unserem kleinen gemütlichen Haus auf dem Lande. Kopfschüttelnd gucke ich mich um. Greg liegt neben mir und hat den Wecker mal wieder nicht gehört. Es ist Zeit, aufzustehen.

„Hey, steh auf. Der Wecker klingelt, wir müssen hoch."

Müde stapfe ich ins Bad, erst mal duschen. Was war das für ein komischer Traum, so real. Ich mache die Dusche an und ziehe mein Nachthemd aus. Hm, ich kann die Blumen fast noch riechen. Unter der warmen Dusche werde ich langsam wach, schwelge aber immer noch im Traum.

Es schien, so wirklich zu sein, einfach real. Seine Hand auf meinem Arm, auf meinem Haar. Ich streichle die Stellen nach, an denen vorher noch seine Finger lagen. Mein schlechtes Gewissen meldet sich erneut. Ich bin mit Greg verheiratet, sogar glücklich, habe ich gedacht. Ab und an mal ein Streit, nichts Schlimmes, über liegengelassene Socken, Sportsachen oder offene Zahnpastatuben. Das Übliche halt, worüber sich alle Ehepaare im Laufe der Zeit streiten.

Die perfekte Ehe ist es nicht, oh nein, davon sind wir meilenweit entfernt. Wir haben uns im Laufe der Zeit arrangiert. Es ist die normale Geschlechterverteilung: Die Frau bleibt zu Hause oder, wie in meinem Fall, arbeitet halbtags und der Mann erwirtschaftet das Geld mit einem Vollzeitjob. Mir ist von Anfang an klar gewesen, dass Greg eher der altmodische Typ ist, und ich habe es auch nicht anders gewollt. Unglücklich bin ich damit eigentlich nicht, habe ich zumindest gedacht, und trotzdem träume ich von John, dem Mann, mit dem ich vor Greg zusammen gewesen bin. Aber ich träume nicht nur von ihm, wie man sonst träumt und sich am nächsten Tag an nichts mehr erinnern kann. Nein, diese Träume sind anders. Sie sind viel mehr, sie sind real.

Schnell Haare waschen, die Kinder aus den Betten schmeißen. Wir haben zwei Kinder. Karla, unsere Große, ist schon 16 und mitten in der Pubertät. Himmel, es ist nicht einfach mit ihr, aber sie ist da hoffentlich bald durch. Kai, ihr kleiner Bruder, gerade 11, ist da noch umgänglicher. Ich hoffe, dass es auch noch lange so bleibt.

Ich trockne mich ab und wickle mir das Handtuch um den Kopf. Alles schläft noch tief und fest. Verdammt, kann sich keiner einen eigenen Wecker stellen? Was ist, wenn ich mal verschlafe? Dann kommt hier keiner aus dem Bett raus. Ich gehe zu den Zimmern, reiße die Türen auf und brülle hinein.

„Aufstehen, zack, zack!"

Beide begrüßen mich mit einem Murren. Oh, wie ich sie liebe, diese Morgenmuffel. Ob ich schlechte Laune habe, interessiert auch keinen. Zurück im Schlafzimmer sehe ich Greg auch noch in unserem Bett liegen.

„Los Greg, hoch jetzt. Du musst arbeiten. Der Wecker hat schon drei Mal geklingelt!"

Genervt zupfe ich an seiner Bettdecke. Auch er mault, wie immer. Seufzend ziehe ich mich an, kämme mir im Bad die Haare, decke den Frühstückstisch und schmiere den dreien das Brot für den Tag. Ich kann's nicht lassen, eigentlich könnten sie das ja alles selber machen. Aber was schmeckt schon besser als ein mit Liebe geschmiertes Brot von Frau und Mutter? Leider macht es keiner von den dreien selbst und wenn ich es nicht mache, gibt es jeden Tag irgendwas Ungesundes, Schnelles aus der Kantine.

Kurz erinnere ich mich an die Worte meiner Freundin und Arbeitskollegin Laura, zwei Jahre älter als ich, keinen Mann und keine Kinder. Sie sieht jeden Tag aus wie aus dem Ei gepellt und meckert immer mit mir. Ich höre quasi ihre Stimme in meinem Kopf, wie sie sagt, *Schon wieder schmierst du denen das Brot, können die das nicht selber! Sind doch alle alt genug.* Ich seufze. Eigentlich hat sie ja recht. Schnell trinke ich noch ein paar Schlucke von Gregs Kaffee. Für einen eigenen ist keine Zeit. Im Bad stecke ich mir noch fix die Haare hoch und lege etwas Parfum auf, man muss ja wenigstens gut riechen. So langsam kommen auch die Kinder und mein Mann runtergeschlurft. Greg setzt sich zeitunglesend auf seinen angestammten Platz.

„Mein Kaffee ist nur halb voll!", raunzt er mich an.

Seufzend drücke ich den Knopf der Kaffeemaschine. Himmel, die steht keine zwei Schritte von ihm entfernt. Kann er sich nicht selbst welchen nehmen? Den Kindern lege ich noch das Essen für den Tag und etwas Geld hin und drücke ihnen zum Abschied einen Kuss auf die Haare. Greg schaut nicht mal von seiner Zeitung auf, als ich das Haus im Laufschritt verlasse. Laura steht schon hupend vor der Tür. Ab und an fahren wir zusammen zur Arbeit. Zwei Mal die Woche arbeitet sie ebenfalls nur einen halben Tag im Büro und erledigt den Rest von zu Hause aus.

„Jaja, ich komme ja schon!", rufe ich und renne mit meiner Handtasche aus dem Haus. Nach Luft japsend springe ich ihr ins Auto. „Schon da, schon da!"

„Wo bleibst du denn?", mault Laura.

Sie sieht aus wie immer: Wunderschöne blonde lange Haare, die sie schön in Szene gesetzt hat, einfach top gestylt, leicht geschminkt, nicht zu auffällig, was ihrem eh schon perfekten Aussehen noch die Krone aufsetzt.

Ich gucke in den Spiegel. Meine Augenränder werden auch immer größer, oh Mann, ich sehe aus, als ob ich die Nacht nicht geschlafen habe. Meine Haut wirkt blass, meine dunklen Locken kräuseln sich mal wieder, hängen aus meinem Zopf heraus und ein paar sehr widerspenstige flattern in meinem Gesicht rum. Ausgeruht und gestylt ist anders. Schnell wieder den Spiegel hochgelappt, ich kapituliere. Jetzt ist es eh nicht mehr zu ändern. Es muss so bleiben. Im Büro kennen sie mich auch nicht anders. Ich bin nicht die typische, mit hochhackigen Schuhen bewaffnete Sekretärin, Verzeihung, Sachbearbeiterin im Bürowesen. Ich werde immer unsanft verbessert, wenn ich uns im Büro als Sekretärinnen bezeichne. Früher habe ich immer sehr auf mein Äußeres geachtet, aber dafür fehlen mir morgens inzwischen die Zeit und auch der Elan.

Erschöpft komme ich von der Arbeit. Sechs lange Stunden, in denen ich Kaffee gekocht, meinen Chef und seine Gäste bedient, dabei immer brav gelächelt und mir dumme

Kommentare über mein Aussehen oder auch meine Arbeit angehört habe, liegen hinter mir. Ich bin kaputt. Früher ist mein Chef immer zufrieden mit mir und meiner Arbeit gewesen, aber seitdem ich die Kinder habe, mault er immer öfter an mir herum. Komischer Kauz. Langsam schließe ich die Tür auf und höre schon das Geschreie. Oh je, Karla nörgelt schon wieder an Kai rum. Meine Tasche abgestellt, gehe in die Küche, wo noch das Frühstückschaos tobt.

John hat in seinem Elternhaus immer mithelfen müssen. Sogar bügeln und kochen hat er gelernt. Oft haben wir zusammen Abendbrot gekocht, am liebsten Spaghetti alla Carbonara. Nicht etwa aus der Tüte, oh nein, alles ist selbst gemacht gewesen. Sogar an die Nudeln haben wir uns einmal getraut. Diese sind uns allerdings nicht so ganz gelungen und wir haben doch noch auf die aus der Tüte zurückgreifen müssen. Bei dem Gedanken an diesen Abend schmunzle ich. John hat mich mit Schinkenstückchen gefüttert, als er diese geschnitten hat. Es ist sehr lecker und erotisch gewesen. Was haben wir für ein Chaos in der Küche seiner Eltern angerichtet, als wir uns an den Nudeln probiert haben. Als seine Mutter hereingekommen ist, hat sie fast der Schlag getroffen. So hat zumindest ihre Aussage gelautet. Okay, ihr Gesicht hat schon Bände gesprochen, geschockt ist sie gewesen. Aber wir haben alles wieder sauber gemacht und das Essen hat sie ebenso entschädigt.

Und hier stehe ich nun und räume leise fluchend den Tisch ab, um Mittag zu machen: Pfannkuchen, Kais Lieblingsessen. Das geht schnell und es wird nicht gemeckert. Zum Glück kann auch Karla sich mit dem Essen abfinden. Juhu, ein Lichtblick am heutigen Tag. Nebenbei hänge ich noch fix die Wäsche auf und telefoniere. Sehnsüchtig gucke ich zu meinem Sofa rüber. Jetzt eine Runde schlafen, das wäre zu schön. Würde auch der Minderung meiner Augenringe ganz guttun. Aber nein, Karla muss zum Tanzen und Kai zum Musikunterricht. Da wir leider in einem kleinen Dorf, ein paar Kilometer von der nächsten Stadt entfernt, wohnen, muss ich die beiden hinfahren. Karla könnte eigentlich auch ihr Fahrrad nehmen, aber da ich Kai mit seiner Geige eh fahren muss, nehme ich sie gleich mit.

Also schnell im Stehen einen halben Pfannkuchen runterschlingen, den Tisch wieder abdecken und die Kinder nach der Schule ausquetschen. Karla ist mal wieder sehr wortkarg.

Mann, der muss ich aber auch alles aus der Nase ziehen.

„Alles gut", lautet ihre kurze Antwort, als ich sie nach ihrem Tag frage.

Kai dagegen redet wieder wie ein Wasserfall. Heißt es nicht, Mädchen reden so viel? Bei uns ist es definitiv umgekehrt. Schnell sind Karla und Kai eingepackt. Karla bringe ich zum Tanzen und setze Kai bei der Musikschule ab. Danach fahre ich weiter zum Einkaufen, der Kühlschrank ist fast leer. Die Getränke sind auch alle, Mist, das wird wieder schwer. Meinem Rücken wird das nicht gefallen, aber wir brauchen Getränke, vor allem für die Kinder zum Mitnehmen in die Schule. Ich schlendere durch den Einkaufsfladen, packe Obst, Gemüse und Getränke ein. Endlich kann ich meinen Gedanken nachhängen, bevor der letzte Stress des Tages mich wieder einfängt. Ein ganz normaler Tag in meinem Leben, denke ich. Ob es irgendwann mal leichter wird?

Endlich, es ist 21 Uhr und ich sitze erledigt auf meinem Sofa. Der Haushalt ist fertig, die Wäsche gebügelt und wartet darauf, in den Schrank gepackt zu werden. Da kann die aber lange drauf warten, heute nicht mehr! Nun habe ich endlich ein Buch in der Hand und möchte darin gedankenverloren lesen, in eine andere Welt abtauchen, über Missgeschicke lachen, welche mal nicht meine sind. Greg guckt schon wieder seit Ewigkeiten fernsehen. Eigentlich müsste er ja schon eckige Augen haben, hat er aber nicht. Hm, kann also nichts dran sein an dem Sprichwort, das meine Eltern mir immer um die Ohren gehauen haben, wenn ich habe fernsehgucken wollen. Ich fürchte, bei meinen Kindern kann ich diese Geschichten nicht anbringen, die wissen, dass daran nichts Wahres ist, sie haben ja das beste Beispiel vor der Nase.

Greg macht den Fernseher immer an, außer morgens, da liest er Zeitung. Es nervt mich schon ziemlich, aber wenn ich was sage, motzt er rum. Also habe ich es aufgegeben. Ab und an nervt es dann doch zu sehr, dann ranze ich ihn an, hilft nur leider nicht. Also resigniere ich und rede beim Essen mit den Kindern, wenn diese nicht gerade auch irgendwo reinstarren und mich ignorieren. 22 Uhr, mir fallen die Augen beim Lesen zu. Ich schaue zu Greg rüber, der mit einem Glas Rotwein in seinem Lieblingssessel sitzt und gebannt in den Fernseher schaut.

„Ich gehe dann mal schlafen, es war ein langer Tag", sage ich mehr zu mir selbst und schleiche Richtung Schlafzimmer.

„Jetzt schon?", entfährt es Greg kopfschüttelnd.

Ich schlurfe trotzdem davon. Ich bin müde und hoffe auch ein wenig, dass ich wieder so schön und real träume wie letzte Nacht.

Zwei Wochen ist es nun schon her, dass ich von John geträumt habe. Es kommt mir vor wie eine Ewigkeit. Zu Hause ist es immer das Gleiche: Arbeiten, Kinder wegfahren und wieder abholen, kochen, einkaufen und das Haus aufräumen. Zwischendurch gibt es langweilige Elternabende, Sportveranstaltungen und Musikvorführungen der Kinder. Zu allen gehe ich meistens alleine. Greg hat auf sowas keine Lust. *Es ist doch immer derselbe Mist. Ist die Lehrerin eigentlich völlig doof? Die hört sich doch selber gerne reden!* Diese Phrasen habe ich mir die ersten Male anhören dürfen, seitdem frage ich nicht mehr. Dann gehe ich lieber alleine hin, so ist es für mich ruhiger und ich muss keine Angst haben, dass er sich erneut mit der ach so blöden Lehrerin anlegt, die ja seines Erachtens sowieso keine Ahnung hat.

Habe ich mir mein Leben so ausgemalt, damals als wir geheiratet haben? Habe ich mein Leben so geplant oder mir vorgestellt, dass es mal so läuft? Ne, eigentlich nicht. Eigentlich habe ich gerade Karriere machen wollen, bin sogar drauf und dran gewesen, Chefsekretärin zu werden. Doch dann habe ich erfahren, dass ich schwanger bin. Und so ist der Traum zerplatzt. Eine schwangere Chefsekretärin haben sie nicht nehmen wollen. Diesen Posten hat stattdessen Laura bekommen. Sie hat nichts mit Kindern am Hut, hat keinen Mann, nur ein paar Affären. Kein Wunder bei dem Aussehen. Sie sagt immer, ich soll mehr für mich tun, zur Kosmetik gehen, was aus mir machen. Aber ist aus mir was zu machen? Meine dunklen lockigen Haare sind störrisch. Selbst wenn ich vom Friseur komme, wo ich nur selten hingehe, stehen meine Haare widerspenstig ab. Die Locken lassen sich nicht bändigen. Meine Haut hat leichte Falten auf der Stirn und Ringe zeichnen sich unter meinen Augen ab. Meine Figur ist nicht sonderlich gut, ich habe ein paar Kilo zu viel auf den Hüften. Nicht dass ich fett wäre, nein, aber es ist einfach zu viel an den falschen Stellen da. Außerdem habe ich Streifen von den Schwangerschaften zurückbehalten. Seufzend lege ich mich ins Bett und schlafe unverzüglich ein.

***

Diesen Ort kenne ich, hier war ich schon einmal. Dieser Duft, diese Blumen, auch den Schmetterling habe ich schon einmal gesehen, aber wo? Ein paar Bienen summen um mich rum, setzen sich auf die hübschen lila Blumen. Die muss ich unbedingt auch in unserem Garten pflanzen. Wie die wohl heißen? Tief atme ich ein und überlege, wo ich hier bin und was ich hier mache. Vor mir steht eine Bank, die mir ebenfalls bekannt vorkommt. Auf dieser lasse ich mich nieder und warte. Worauf weiß ich nicht, doch ich spüre, ich sollte warten.

Plötzlich hält mir jemand die Augen zu. Dieser Geruch, dieses Parfum, ich würde es unter Tausenden wiedererkennen. John! Mein Herz schlägt mir bis zum Hals. Sein Atem kitzelt mich. Überrascht drehe ich mich zu ihm um und schaue in seine glänzenden braunen Augen.

„Entschuldige, dass ich dich so lange habe warten lassen."

Er küsst vorsichtig meine Hand. Ein Schauer wandert über meinen Rücken und ich spüre ein Kribbeln im Bauch, welches so schon lange nicht mehr da war. Mit einem Satz setzt er sich neben mich und wir unterhalten uns. Er sitzt einfach da, hört mir zu, wie ich über meine Firma meckere, über meinen Chef, der mich behandelt wie ein kleines Blondchen und Laura dabei in den Himmel lobt und ihr hinterhergafft, wenn sie den

Raum verlässt. Vorsichtig streichelt er über mein Haar.

„Du bist kein dummes Blondchen, lass dir das nicht weismachen. Du bist so viel schlauer, als sie alle denken. Warum lässt du dir das gefallen?"

„Klar, ich bin ja nicht einmal blond", nuschle ich sarkastisch und muss lachen.

Ich fühle mich wohl bei ihm, er ist so zuvorkommend und liebevoll. Wieder meldet sich mein Gewissen. Ich kuschle mich an ihn, streichle vorsichtig über seinen Arm, auch John bekommt eine Gänsehaut und ich sehe, wie er mich aus glänzenden Augen ansieht. Sanft streicht er mit seinem Finger über meine Lippen. Wie gerne würde ich ihn küssen, denke ich, aber mein Gewissen meckert: Du bist verheiratet! Er merkt mein Zögern und nimmt schnell seine Finger von meinen Lippen. Ein Kloß macht sich in meinem Hals breit. Schade, ich hätte mich nicht gewehrt. Arm in Arm gehen wir spazieren. Plötzlich, viel zu schnell, dreht er sich zu mir.

„Ich muss weg." Liebevoll gibt er mir einen Kuss auf die Wange, dreht sich um und will gehen. „Sehen wir uns bald wieder? Gleiche Zeit, gleicher Ort?" Sein Blick verzaubert mich.

„Ja", rufe ich noch, ehe er weg und ich wieder sehnsuchtsvoll alleine bin.

***

Benommen blinzle ich in die Dunkelheit. Wie spät ist es? Die Uhr zeigt gerade mal 5 Uhr morgens an, noch hat der Wecker nicht geklingelt. Was für ein komischer Traum das wieder gewesen ist, denke ich und schnuppere an meiner Decke. Irgendwie riecht es hier immer noch nach seinem Parfum. Das kann doch nicht sein. Ich robbe an Greg heran. Hat er gestern noch Parfum aufgelegt? Ne, er riecht nicht danach.

„Auch schon wach?" Greg guckt mich aus erwartungsvollen Augen an. Ähm, eigentlich hatte ich das ja nicht geplant, aber bevor ich auch nur nachdenken kann, schmeißt er seine Decke zur Seite, streichelt meinen Körper und liebkost mein Gesicht. Mein Gewissen seufzt zufrieden: Na also, geht doch.

Als wir fertig sind, liege ich in seinem Arm, er schnuppert an mir.

„Du musst mal dein Duschgel wechseln, irgendwie riechst du nach Mann."

Verwirrt gucke ich ihn an. Er riecht es also auch. Verlegen stehe ich auf, schnappe mir mein Nachthemd und gehe ins Bad, erst mal duschen.

Verwirrt stehe ich unter der Dusche und denke nach. Ich rieche immer noch Johns Parfum, Greg hat es auch gerochen. Vorsichtig rieche ich an meinen Haaren. Da kommt der Geruch also her. Aber wie, wie kommt da Johns betörender Duft hin? Ich atme es nochmal tief ein, um es ja nicht zu vergessen. Als wenn ich diesen Duft je vergessen könnte. Kurz überlege ich, ob ich mir überhaupt die Haare waschen soll, verwerfe den Gedanken aber wieder. Ich kann nicht den ganzen Tag nach seinem Parfum riechen, das überstehe ich nicht.

KAPITEL 3

An diesem Morgen bin ich total durch den Wind. Ich gieße Kai Kaffee in seine Tasse, anstatt Kakao, packe Karla Kaffeesahne in ihren Tee und lasse den Toast anbrennen. Die Milch kocht über und ich vergesse fast, das Brot für die Kinder zu schmieren. Beide gucken mich verwirrt an.

„Hast wohl nicht gut geschlafen", meint Kai und holt sich lieber Müsli aus dem Schrank.

Kopfschüttelnd schnappt Karla sich eine neue Tasse und mault. Nur Greg hat ausnahmsweise gute Laune. Wenigstens einer, denke ich. Da hupt es auch schon. Oh, Laura ist da. Ich renne aus der Tür und vergesse prompt meine Tasche. Schnell eile ich wieder zurück, um sie zu holen.

„Was ist denn mit dir los?" fragt Laura, als ich keuchend zu ihr ins Auto springe.

Ja, wie soll ich ihr das erklären? Die hält mich doch für völlig durchgedreht und schickt mich zum Psychiater. Ich behalte es lieber für mich, bis ich genau weiß, was da heute Nacht gelaufen ist.

Den ganzen Tag bin ich deswegen durcheinander. Ich vertausche Papiere und verschütte auch noch Kaffee über den ganzen Tisch.

„Nicht mein Tag, Entschuldigung", murmle ich, als mich mein Chef böse anblitzt.

Schnell hole ich allerhand Tücher und beseitige das Chaos. Oh ne, dem Vertragspartner ist sogar was auf die Hose gelaufen. Ich entschuldige mich vielmals und biete ihm an, die Hose in der Reinigung reinigen zu lassen, wenn er mir diese morgen bringt.

„Sie können die auch gleich haben", entgegnet er und lächelt etwas zu keck meines Erachtens.

Ich laufe hochrot an, das fehlt mir heute gerade noch. Nun grinst endlich auch mein Chef wieder. Obwohl es auf meine Kosten geht, es beruhigt mich. Früher habe ich stets einen frechen Spruch entgegensetzen können, heute fällt mir nichts mehr ein, außer rot anzulaufen. Bravo, wo ist nur meine Spontanität hin?

Nach sechs Stunden Arbeit bin ich endlich wieder zu Hause, wo mich das alltägliche Chaos mit Schwung empfängt. Die Frühstückssachen stehen immer noch auf dem Tisch, die Kinder maulen, sie haben Hunger und wollen wissen, wann es endlich was zu essen gibt. Beim Mittag meckert Karla nur rum und Kai redet mal wieder wie ein Wasserfall. Oh, wie ich das liebe. Gibt es keinen Ausschalter? Manchmal wünsche ich, die Kinder würden ganztags in die Schule gehen.

Nachmittags wird der Haushalt erledigt, Wäsche gebügelt, die Kinder sind bei Freunden.

Endlich etwas Zeit für mich. Ich lasse mich aufs Sofa fallen und lese, kann mich aber einfach nicht konzentrieren. Der Roman ist gut, aber irgendwie fesselt er mich dieses Mal nicht. Meine Gedanken schweifen immer wieder ab. Mir fällt mein Traum von letzter Nacht wieder ein. Wieso hat mein Haar heute Morgen nach John gerochen? Greg hat es auch gerochen, also kann es keine Einbildung gewesen sein. Aber Gerüche nimmt man doch nicht aus Träumen mit. Man nimmt gar nichts außer seinen Gedanken aus Träumen mit. Oder etwa doch? Ich freue mich auf die nächste Nacht und hoffe, ich träume erneut von ihm. Mein Gewissen meckert, mal wieder.

Der restliche Tag läuft ab wie immer. Ich hole die Kinder vom Spielen ab, wir essen und unterhalten uns, während Greg sein Essen runterwürgt, um schnell vor den Fernseher zu kommen. Es läuft ein ach so wichtiges Fußballspiel. Diese sind ja immer ganz, ganz wichtig. Danach räume ich die Küche auf, bringe Kai ins Bett und sage Karla schon mal gute Nacht. Etwas kribbelig lege ich mich danach auch hin. So kann ich doch nicht einschlafen, ich fühle mich wie ein Teenager, der auf das erste Date wartet.

Ich bin ja fast noch ein Teenager gewesen, als ich John kennengelernt habe. Er ist damals neu an die Schule gekommen und ich bin sofort bis über beide Ohren in ihn verschossen gewesen. Ein halbes Jahr habe ich ihn nicht angesprochen, viel zu groß ist die Angst gewesen, dass er mir einen Korb geben könnte. Nur heimlich habe ich rüber geschielt, wenn er den Flur entlanggegangen oder auf dem Schulhof in meine Nähe gekommen ist. Er ist in meine Parallelklasse gegangen und wir haben Dänisch zusammen gehabt. Eine Sprache, die überhaupt nicht meine gewesen ist. Eines Tages hat der Dänischlehrer gemeint, ich solle mir doch bitte von John nochmal das Arbeitsblatt erklären lassen, er könne es im Schlaf und hat das Sprachverständnis, welches mir doch deutlich fehlt. Oh Gott, ist mir das peinlich gewesen. Ich habe den Raum nach einem Erdloch abgesucht, in das ich einfach hätte verschwinden können. Aber es hat keines gegeben, ich habe da wohl oder übel durchgemusst. John ist mit einem frechen Lächeln einfach zu mir gekommen. Er hat mir in aller Seelenruhe die Aufgaben erklärt und immer und immer wieder die gleichen Stellen übersetzt.

Ich bin mir so dumm vorgekommen, aber er hat keinerlei Missbilligung gezeigt, obwohl ich mich überhaupt nicht habe konzentrieren können. In seiner Nähe ist es mit meiner Konzentration einfach nicht weit her gewesen. Der betörende Duft hat mich damals schon abgelenkt. Als wir zwei Wochen später ein Paar geworden sind, hat er mich damit immer aufgezogen und geneckt. Gerne hat er mir in meine Federtasche ein mit seinem Parfum beträufeltes Taschentuch gesteckt, damit ich ihn immer riechen konnte, sobald ich es aufgemacht habe, wohl wissend, dass ich mich dann kaum noch auf den Unterricht habe konzentrieren können. Ich habe jedes Mal geseufzt und dauernd daran gerochen, sodass die Lehrer mich des Öfteren an den Unterricht haben erinnern müssen. Marta, meine beste Freundin, hat immer nur die Augen verdreht und mich immer angestupst, wenn ich mit den Gedanken mal wieder bei John festgehangen habe, anstatt mich auf die Schulstunde zu konzentrieren.

Ich vermisse diese unbeschwerte Zeit und seine liebenswerte und zuvorkommende Art. Wie konnte ich so dumm sein und ihn verlassen? Zwei Jahre sind wir ein Paar gewesen und alle haben gedacht, wir sind füreinander bestimmt und würden später heiraten. Mir aber wurde das zu viel, ich habe die Welt sehen und mich von anderen Männern umschwärmen lassen wollen, flirten und Komplimente erhaschen. Zu spät habe ich gemerkt, dass ich mich zu weit von ihm entfernt habe. Er hat immer wieder versucht, mich doch noch wieder einzufangen. Aber es ist zu spät gewesen. Ich werde nie seinen traurigen und gekränkten Gesichtsausdruck vergessen, als ich ihm gestanden habe, dass es aus ist. Den wahren Grund, nämlich dass ich im Alkoholrausch eines Nachts fremdgegangen bin, habe ich ihm nie gesagt. Ich habe ihn lieber im Glauben gelassen, ich liebe ihn nicht mehr. Ich habe ihn nicht verdient. Unsere Wege haben sich damals getrennt.

KAPITEL 4

***

Dieses Mal ist John der, der schon da ist. Er lehnt an unserer Bank und wartet. Umwerfend sieht er wieder aus, etwas älter als damals, als wir uns getrennt haben, aber immer noch umwerfend. Mit seinen dichten dunklen Haaren und den funkelnden braunen Augen sieht er aus wie aus einer Werbezeitschrift. Das Bild lasse ich erst mal einige Zeit auf mich wirken. Als er mein Kommen bemerkt, umspielt ein Lächeln seine Lippen.

„Ich freue mich, dich endlich wieder zu sehen", raunt er mir ins Ohr und gibt mir einen Kuss auf die Wange.

Ich bekomme, wie immer durch seine Berührung, Gänsehaut. Mein schlechtes Gewissen meldet sich leise zu Wort. Hand in Hand schlendern wir über unsere Wiese, wir unterhalten uns wie immer, wenn wir uns sehen, über Gott und die Welt.

„Meine Tochter ist krank gewesen, sie hat tagelang mit hohem Fieber im Bett gelegen. Ich bin nachts bei ihr geblieben, deshalb habe ich lange nicht hierherkommen können. Wir haben sie fast verloren."

Tränen sammeln sich in seinen braunen Augen, eine bahnt sich den Weg über seine Wange. Vorsichtig wische ich sie weg, gebe ihm sanft einen Kuss auf die Stelle, wo gerade eben noch mein Finger gelegen hat. John wirkt so zerbrechlich, wie er so vor mir steht: Den Kopf leicht gesenkt, eine kleine Röte breitet sich auf seinem Gesicht aus. Eine Gänsehaut überkommt mich erneut. Er liebt seine kleine Tochter. Sie ist sein Ein und Alles. Lisa, gerade mal fünf, ist ein Wunder. Eigentlich hat Jana, Johns Frau, keine Kinder bekommen können. Lange haben sie es versucht, aber nie hat es geklappt. Dann endlich, eines Tages, als sie es schon aufgegeben haben, ist es doch geschehen. Jana ist schwanger geworden und John überglücklich.

„Du bist bestimmt ein wundervoller Vater", nuschle ich leise und denke wehmütig, wie Greg so als Vater ist.

Er kümmert sich nicht sonderlich um seine beiden Kinder. Am Anfang hat er es versucht, ja, er hat es wirklich versucht. Aber es ist nicht sein Ding, stundenlang mit Kai über Musik zu reden. Greg ist eher der Fußballtyp, Kai hingegen gar nicht. Er spielt lieber Geige und macht sich nichts aus Fußball. Ein paar Wochen hat er mal versucht, Fußball zu spielen, er wollte Greg gefallen. Nach jedem Training hat er allerdings geweint. Er ist nie gewählt worden, wenn Mannschaften gebildet worden sind, und hat auch nicht den Ball zugespielt bekommen. Also habe ich ihn wieder aus dem Fußballverein genommen. Karla macht von jeher ihr eigenes Ding. Sie sagt guten Tag und gute Nacht und redet ansonsten nicht viel, vor allem nicht mit ihrem Vater. Sie nimmt ihm sein Desinteresse sehr krumm und zeigt ihm das auch sehr deutlich. Greg merkt es jedoch nicht.

Mir tut das weh, ich habe nie so eine Familie gewollt. Ich habe mir immer vorgestellt, eine Bilderbuchfamilie zu haben, die morgens gemeinsam frühstückt, dabei über Politik und wichtige Dinge spricht und lacht, um dann fröhlich zur Schule und Arbeit zu gehen. Mein Mann hilft im Haushalt, obwohl er Vollzeit arbeitet, genau wie meine Kinder. Wie im Fernsehen halt. Jugendliches Wunschdenken. Aber so ist es leider nicht geworden.

Jeder ist seines Glückes Schmied und vielleicht habe ich es ja auch verdient, vielleicht ist das meine Strafe dafür, dass ich John früher so hintergangen habe, denke ich. Aber was habe ich falsch gemacht? Ab wann habe ich in meinem Leben einen Fehler gemacht oder eine falsche Abzweigung genommen. John reist mich aus meinen düsteren Gedanken.

„Worüber denkst du nach?", fragt er und streicht mir eine widerspenstige Locke aus meinem Gesicht.

„Über gar nichts", säusle ich und sehe ihm tief in seine wunderschönen Augen.

Oh diese Augen, wie kann man diesen hinreißenden Augen nur widerstehen? Ich versinke in ihnen wie in einem dunklen Ozean, nur das dieser hier nicht blau ist. Ins tiefe Gras lassen wir uns sinken und ich lehne mich an ihn, atme seinen betörenden Duft ein. Vorsichtig streichelt er meinen Arm entlang, setzt sich auf und küsst meine Finger, überzieht jeden einzelnen Fingerknochen mit leichten Küssen. Mein Gewissen meckert leise, aber ich genieße seine Zärtlichkeit und schließe die Augen. Langsam bahnt er sich den Weg von meiner Hand hoch zu meinem Hals. Er ist nun ganz dicht an meinem Ohr, ich spüre seinen Atem auf meinem Hals, in meinem Ohr und ich stöhne leise auf. Schon wieder ist da diese verräterische Gänsehaut, wo seine Küsse verebben. Mein

Gewissen meckert erneut, aber nur noch ganz leise.

„Ich muss gehen." Seine Küsse überdecken meinen Hals, meine Wange, meine Schultern.

„Bitte noch nicht, nur noch ein paar Minuten, bitte", flehe ich. „Ich möchte dich noch nicht wieder gehen lassen. Bleib nur noch ein paar Minuten."

Sehnsüchtig schaue ich zu ihm hoch. So sehr sehne ich mich nach ihm, auch wenn es nicht sein darf. Ach Gewissen sei ruhig, meckere ich zurück. John gibt mir einen letzten Kuss auf die Wange und ist weg. Allein bleibe ich liegen und genieße die Gänsehaut, die seine Küsse auf meinem Körper hinterlassen haben. Nur noch ein paar Minuten genießen und in meiner perfekten Welt zurückbleiben.

***

KAPITEL 5

Wie jeden Morgen hetze ich aus dem Bett, um den Kindern das Frühstück zu machen, während Greg seine Nase in die Zeitung steckt. Die Kinder maulen schon wieder am Essen rum.

„Mama, ich mag keinen Käse, das weißt du doch", nörgelt Kai und packt entsetzt das Brot wieder aus der Dose.

„Kai, du kannst nicht nur Nutella essen!", pflaume ich ihn an und packe es wieder rein. Er aber nörgelt weiter und es droht mal wieder ein ausgiebiger Streit über gesunde Ernährung.

Greg hält sich bedeckt und mault nur: „Müsst ihr so laut streiten!"

„Ja, müssen wir. Entschuldigung, dass du nicht in Ruhe deine Zeitung lesen kannst! Entschuldigung, dass wir hier in der Küche sind!", schreie ich ihn an.

Sofort herrscht Ruhe in der Küche, alle gucken mich entsetzt an. Schluckend laufe ich raus, packe meine Sachen und bin weg. Heute fahre ich lieber selber, rufe Laura an und sage, dass ich alleine ins Büro fahre und nutze mal wieder die Ich-muss-noch-einkaufen-Ausrede. Kommt ja auch fast hin, der Kühlschrank ist schon wieder fast leer und wir haben kein Nutella mehr, dabei isst Kai die damit geschmierten Brote in der Schule doch am liebsten. Tränen steigen mir in die Augen, bloß nicht weinen jetzt. Wie sieht das denn aus, wenn ich mit verheulten Augen im Büro ankomme? Es läuft auch noch eine Schnulze im Radio. Oh Gott, jetzt schnell den Sender wechseln. Da läuft so ein Technolied, juhu, ich habe zwar nie so draufgestanden, aber es lenkt mich ab. Meine Gedanken schweifen ab, während ich meinen langen Weg ins Büro hinter mich bringe.

Der Tag wird wieder bescheiden werden. Wenn der Morgen schon so anfängt, wird es auf der Arbeit nicht besser. Das kenne ich nur zu gut. Mein Chef wird mich wieder malträtieren und mich den ganzen Tag mit Kopierarbeiten und Kaffee kochen beschäftigen. Die Kolleginnen werden mich dann wieder von oben herab ansehen und belächeln. Für sie bin ich ja nur eine kleine dumme Hilfssekretärin, die nur arbeiten geht, um mal von zu Hause rauszukommen. So oft tuscheln sie über mich und verstummen, wenn ich den Raum betrete. Dabei haben die meisten einen IQ, der nicht einmal dem einer Eintagsfliege gleicht. Schon oft habe ich der einen oder anderen helfen müssen, aber das vergessen sie wieder genauso schnell, wie sie gefragt haben.

Die wichtigen Aufgaben bekommt Laura. Ich bin ein wenig eifersüchtig, muss ich zugeben.

Genauso wie ich es befürchtet habe, kommt es auch. Natürlich muss ich den halben Vormittag Kaffee kochen, die Papiere des Chefs kopieren und zu allem Überfluss soll ich noch die alten Akten sortieren! Ja klar, dafür habe ich meine Weiterbildung zur Chefsekretärin gemacht, um Kaffee zu kochen und Papiere zu sortieren! Gefrustet und schon reichlich genervt sitze ich auf dem Fußboden und sortiere die Akten nach Jahr und Personen. Viele kleine Haufen liegen auf dem Boden verteilt, fein säuberlich sortiert und gestapelt, als mein Chef mit Schwung ins Büro getrampelt kommt. Oh nein, alle Papiere werden durcheinander geweht!

„Oh, da war wohl ein Fenster auf", sagt er grinsend und ist sofort wieder weg, ohne zu erklären, was er eigentlich wollte.

Ich lasse meinen Kopf in die Hände fallen, gucke wieder auf und betrachte das Papierchaos um mich herum. Alles umsonst! Zwei Stunden völlig umsonst! Das ist zu viel. Mein Kopf dröhnt, mein Herz rast. Schneller als ich gucken kann, stehe ich auf meinen Füßen, renne meinem Chef hinterher und reiße entrüstet die Tür auf.

„Verdammt noch mal. Eine Entschuldigung, dass meine Arbeit umsonst war, wäre schon schön gewesen!"

Entsetzte Blicke und Stille.

„Was wollten sie eigentlich?", setze ich fix noch etwas kleinlaut hinterher.

Immer noch ruhen entsetzte Blicke auf mir und herrscht Ruhe im Raum. Es ist schon das zweite Mal heute, dass ich einen Raum in plötzliche Stille versetze, scheint zur Gewohnheit zu werden. Alle Augen wandern zwischen mir und unserem Chef hin und her. Laura, die gerade auf dem Weg zu mir war, klappt die Kinnlade runter. Der Chef guckt mich entgeistert und mit hochrotem Kopf an, meine Kollegen lassen die Blicke immer noch ungläubig zwischen mir und meinem Chef hin und her gleiten. Die Stille ist inzwischen schon fast erdrückend. Mir wird unbehaglich, aber mein Blut ist immer noch in Wallung. Zu lange habe ich mir hier alles gefallen und mich hin und her kommandieren lassen und die Drecksarbeit für meine Kollegen machen müssen.

Mir fallen Johns Worte wieder ein. *Du bist kein kleines dummes Blondchen, du bist viel schlauer, als die denken. Lass dich nicht so behandeln. Zeig ihnen, was du kannst und was in dir steckt!*

Ich stelle mich aufrecht hin, recke mein Kinn, atme tief ein und aus, warte auf das Donnerwetter von meinem Chef. Oh weh, das wird übel ausgehen, ob ich meinen Job los bin? Nun gut, dann ist es so, aber so einen Job wollte ich eh nie. Ich wollte Verantwortung haben, mein Gelerntes auch voll nutzen. Aber das ist genauso in die Hose gegangen wie das Leben mit der perfekten Bilderbuchfamilie. Was tue ich schon? Akten sortieren, Kaffee kochen und andere Handlanger-Arbeiten. Immer noch herrscht Ruhe im Raum. Laura guckt an mir vorbei ins Papierchaos und findet als Erste ihre Stimme wieder.

„Ich helfe dir beim Sortieren."

Sie reißt mich am Arm hinter sich her in mein Büro. Alles geht wieder quatschend an die Arbeit, selbst mein Chef schüttelt nur einmal den Kopf, als wenn er sich das eingebildet hat und geht. Was er von mir gewollt hat, als er in mein Büro gerannt ist, weiß ich immer noch nicht. Laura sieht mich verdattert an.

„Was ist das denn gewesen? Bist du lebensmüde? Was hast DU denn gefrühstückt? Oder etwa noch keinen Kaffee getrunken?" Kopfschüttelnd sieht sie mich an. Wir sortieren die Blätter, die im ganzen Raum verteilt sind und ich bleibe stumm. Ein paar Tränen kullern mir über die Wange, die ich halbherzig wegwische. „Oh nein Süße, so war das nicht gemeint, aber was ist los mit dir?"

Sie nimmt mich in den Arm und ich fange fürchterlich zu schluchzen an. Ich möchte ihr alles erzählen, aber was? Dass ich immer wieder von John träume, dass es so real ist, dass ich morgens noch sein Parfum rieche und es physisch und psychisch schon weh tut? Sie lässt mich doch einweisen! Außerdem hat sie nie sonderlich viel von Greg gehalten, hat damals schon gemeint, er sei nicht der Richtige, und jedes Mal, wenn ich mich bei ihr ausgeheult habe, hat sie nur zufrieden gemeint, *Siehst du, habe ich doch gesagt.*

Also habe ich aufgehört, mich bei ihr auszuheulen, wenn was gewesen ist oder wir uns gestritten haben. Seither schlucke ich einfach alles runter. Das habe ich nun davon. Ich bin eine verbitterte alte Trulla, die bald durchdreht und ihrem Jugendfreund hinterhertrauert. Klasse, genauso habe ich mir mein Leben vorgestellt! Nachdem wir ein paar Minuten so dasitzen, hören endlich meine Tränen auf zu laufen.

„Blöde lange Geschichte, muss ich dir in Ruhe bei drei bis vier Litern Kaffee erzählen."

Nun grinst sie mich in ihrer fröhlichen Art an.

„Super, ich habe heute Nachmittag sowieso nichts vor!"

„Aber nicht heute Nachmittag, Laura, nicht heute Nachmittag. Wir treffen uns am Wochenende, versprochen", ersticke ich ihre Idee schnell im Keim.

Laura zieht einen Flunsch und gibt sich aber mit dem Versprechen zufrieden, dass wir uns am Wochenende treffen und dabei quatschen können. Okay, ich würde nicht drumherum kommen, ihr alles zu erzählen. Vielleicht hat sie ja eine Erklärung für mein Desaster. Ich fasse einen Entschluss, ich will keine alte verbitterte Trulla mehr sein, ich habe so viel Lebensfreude gehabt und früher auch immer auf mein Äußeres geachtet, das will ich wieder tun. Ich will mein Leben wieder ändern! Erschöpft und nachdenklich, aber auch festentschlossen fahre ich nach Hause. Keiner hat mich mehr auf der Arbeit angesprochen. Nur getuschelt haben sie wieder. Sobald ich den Raum betreten habe, hat wieder Ruhe geherrscht. Auch mein Chef hat mich gemieden. Das ist mir recht gewesen, ich bin nicht scharf darauf gewesen, ihm zu begegnen.

Zu Hause erwartet mich wie immer das gleiche Bild: Kai und Karla zanken sich über belangloses Zeug und wie zum Hohn erwartet mich der immer noch gedeckte Frühstückstisch. Wie jeden Tag räume ich also die Sachen weg, mache Mittag und esse mit den Kindern, um sie danach zu ihren Freunden oder zum Sport zu fahren. Als ich endlich alle Hausarbeiten erledigt habe, ziehe ich meine alten Joggingsachen an, packe meine Ohrstöpsel in die Ohren, mache die Musik laut und jogge los. Mein neues Leben soll beginnen! Ich komme leider nicht weit, bin ziemlich aus der Puste, aber was habe ich auch erwartet? Eine halbe Ewigkeit bin ich nicht mehr gejoggt, wo soll die Kondition denn auch herkommen? Selbst, dass ich zwischendurch immer wieder nur gehe, hilft mir nicht wirklich. Nach geschlagenen zwei Kilometern bin ich erschöpft wieder zu Hause.

„Oh je, ich muss dringend mehr Sport treiben, damit ich mir nicht mehr vorkomme wie ein Elefant beim Bergsteigen." Kaputt sinke ich aufs Gras nieder und versuche, erst mal wieder zu Atem zu kommen. „Einatmen, ausatmen, einatmen, ausatmen", ermahne ich mich, damit ich nicht so japse, als wenn ich gerade einen Marathon gelaufen bin.

So komme ich mir allerdings trotzdem vor. Die Beine schmerzen und mein Puls rast. Ich raffe mich auf, stapfe nach oben, schlurfe in die Dusche, lasse das warme Wasser über meine geschundenen Gliedmaßen laufen und denke nach. Zum Friseur muss ich unbedingt noch und sobald ich ein paar Kilo abgenommen habe, brauche ich auch noch ein paar neue Klamotten. Motiviert mache ich mir meine Haare, soweit das möglich ist, schminke mich dezent und ziehe ein paar schöne Sachen an. Mehr oder weniger zufrieden schaue ich in den Spiegel.

„Heute soll Tag eins meines neuen, alten Lebens sein!"

Pfeifend hole ich die Kinder ab, die mich komisch beäugen.

„Hast du noch was vor? Und was hast du mit meiner Mutter gemacht", fragt Karla skeptisch. Es entlockt mir ein herzliches Lachen und ich zerzause ihr das schön frisierte Haar. „Ey! Nein, die habe ich mir gerade gestylt, menno, Mam, lass das. Duster kommt noch."

Abrupt bleibe ich stehen, sodass Kai in mich reinstolpert und Karla ein paar Schritte vorausgeht. „Wer ist Duster?"

Karla läuft rot an. Aha, erwischt. „Nur ein Freund", versucht sie sich zu retten.

Ich glaube ihr allerdings kein Wort. Nun gut, sie ist sechszehn und ich vertraue ihr. Wobei ich mir das vielleicht noch einmal überlegen sollte, sie ist ja schließlich meine Tochter! Und wenn sie auch nur ein bisschen so ist wie ich in dem Alter, sollte ich sie besser einschließen. Ich denke nach, was ich so in dem Alter gemacht habe. Ich bin nicht nur an den Wochenenden in viel zu knappen Hot Pants mit bauchfreien Tops, wie es damals Mode gewesen ist, in Diskotheken rumgelaufen, sondern ich habe geflirtet, getanzt und gerne mal Alkohol getrunken. Ich bin schon verdammt wild drauf gewesen.

Morgens bin ich dann todmüde im Unterricht gesessen und habe mich schon wirklich zusammenreißen müssen, um nicht einzuschlafen. Nicht nur einmal ist mein Kopf auf den Tisch gefallen, weil ich einfach eingenickt bin, sehr zur Freude meiner Mitschüler. Das hat Gelächter gegeben. Die Lehrer allerdings haben es nicht so witzig gefunden. Marta hat mich des Öfteren entschuldigen müssen und die Lehrer haben ihr die Ausreden mit dem *Ihr ist schlecht* oder *sie hat sich verkühlt* bald nicht mehr abgenommen.

Zu Hause angekommen sperre ich die Tür auf und quetsche Karla noch etwas über Duster aus. Ich erfahre allerdings nicht viel, außer dass er eine Klasse höher ist als sie, gut aussehen und nett sein soll. Nett! Nun ja, das sagt nicht viel aus. Sie wollen heute noch etwas zusammen lernen, denn er ist wohl recht gut in der Schule. Das beruhigte mich ein wenig. Karla liegt die Schule zum Glück sehr am Herzen und sie will Ärztin werden. Ich hoffe, sie wird es durchziehen und sich nicht von irgendeinem dahergelaufenen Kerl davon abbringen lassen. Ich bin immer noch sehr gut gelaunt, mache pfeifend und singend das Abendbrot und warte, dass Greg nach Hause kommt, damit wir essen können. Endlich höre ich die Tür aufgehen und ich rufe nach den Kindern. Greg kommt rein geschlurft, schmeißt Tasche und Jacke in die Ecke und setzt sich.

„Wofür hast du dich so aufgedonnert?"

Okay, meine Laune ist mit einem Satz auf den Tiefpunkt gerutscht. Wie zum Teufel schafft er das nur immer wieder, mir mit ein paar Worten die Laune so dermaßen zu vermiesen" Bis gerade eben war diese noch super, sogar mehr als super! Und nun? Jedes Mal, wenn ich gute Laune habe, hat er schlechte Laune. Das hat langsam System! Ich sollte nur noch schlechte Laune haben, dann kann er mir meine gute Laune nicht mehr vermiesen.

Genau wie jeden Abend sitzen wir am Tisch. Greg starrt auf den Fernseher, während die Kinder und ich uns unterhalten. Als es klingelt, springt Karla mit einem Satz auf, sodass der Tisch wackelt, und sprintet zur Tür. Es ist Duster. Ich gucke vorsichtig um die Ecke, um nicht zu neugierig zu wirken, aber ich bin es nun einmal und außerdem auch eine übervorsichtige Mutter mit einer von Hormonen übersprudelnden Tochter! Nett sieht er wirklich aus. Höflich reicht er mir die Hand und geht auch zu Greg, um ihn zu begrüßen. Dieser guckt aber kaum auf, nuschelt nur, „Guten Tag", und widmet sich wieder dem Fernsehen. Duster zieht eine Augenbraue hoch, sagt aber nichts weiter. Ich lächele ihn freundlich und etwas verlegen an und die beiden gehen nach oben, um zu lernen. Ich bete jedenfalls, dass sie das auch wirklich tun würden.

KAPITEL 6

***

„Du siehst wunderschön aus, du solltest dein Haar öfter offen tragen!"

John durchwühlt zärtlich mein dunkles lockiges Haar, welches ich ausnahmsweise mal offen trage. Widerspenstig steht es zu allen Seiten ab. Ich seufze und lehne meinen Kopf an seine Schulter. Hier bin ich glücklich, bei ihm kann ich ganz und gar ich sein. Er gibt mir einen Kuss auf mein Haar, um es noch mehr durchzuwühlen. Wir balgen uns im frischen Gras, kitzeln und knuffen uns wie junge Teenager. Erschöpft bleiben wir bald liegen und atmen schwer. John setzt sich auf, streichelt meine Wange, dann die Nase. Seine Finger verharren einen Moment auf meinen Lippen und ich muss schwer schlucken. Sein Kopf kommt immer näher und seine so wundervollen weichen Lippen streifen ganz zart erst meine Wange, dann meine Nase, um sich dann den Weg zu meinen Lippen zu erarbeiten.

Da wo gerade noch seine Finger gelegen haben, flattern nun ganz zärtlich seine Lippen und küssen mich sacht. Mein Gewissen flüstert mir etwas zu, aber ich höre nicht mehr hin. Es ist, als wenn wir nie getrennt gewesen wären, es fühlt sich so gut, so richtig an. Als ich langsam und vorsichtig seinen zärtlichen Kuss erwidere, gräbt er seine Hände in mein Haar, um mich noch intensiver zu küssen. Ich umfasse, nicht mehr ganz so sanft, seinen Nacken, will, dass es nie aufhört, ich will ihn spüren, ganz und gar. Genauso intensiv wie früher, die Welt um mich herum vergessen. Mich ganz und gar in ihm verlieren. Genau wie damals, als wir noch ein glückliches Paar gewesen sind, denen alles offen gestanden hat! Ein leises Stöhnen entgleitet seinen Lippen, als wir uns sanft lieben. Es ist ein wunderschönes Gefühl und so vertraut, auch wenn es nicht sein darf, stottert leise mein Gewissen. Ich wische es weg, zu schön ist das Gefühl, endlich geliebt und begehrt zu werden. So lange habe ich mich nicht mehr so gefühlt. Es soll ewig dauern und nicht mehr aufhören.

***

Stöhnend wache ich auf. Was für ein realer Traum, oh mein Gott, ich muss dringend kalt duschen. Vorsichtig drehe ich mich zu Greg um. Hoffentlich hat er nichts mitbekommen, das wäre ja peinlich. Schamesröte steigt mir ins Gesicht.

Schnell husche ich unter die Dusche. Eine halbe Stunde habe ich noch, bis der Wecker klingelt, vorher rührt sich in diesem Haus eh keiner freiwillig. Lange lasse ich mir das warme Wasser über den Kopf laufen, kalt duschen ist nicht so meins, ich behalte lieber eine warme Körpertemperatur. Das Wasser wird auch so seinen Zweck erfüllen und mir hoffentlich helfen, wieder klar denken zu können. Eine kalte Dusche wäre allerdings besser gewesen. Das warme Wasser hat mich zwar wach gemacht, aber meine Gedanken an John hat es dennoch nicht vertreiben können. Immer wieder erwische ich mich dabei, im Traum zu schwelgen, und laufe prompt rot an.

Mit einem starken Kaffee bewaffnet, setze ich mich in die Küche und versuche zu lesen. Greg würde noch länger schlafen, es ist schließlich Samstag, wie ich nach einem verwirrten Blick seinerseits und einem maulenden, „Tür zu, es ist Wochenende, ich will ausschlafen!", von meinen Kindern zu hören bekommen habe. Also sitze ich mal wieder alleine mit einem Buch am Küchentisch und trinke meinen Kaffee. Ausnahmsweise macht es mir nichts aus. Voller Elan lege ich mein nicht sehr spannendes Buch zur Seite, ziehe mir meine Joggingsachen an, stecke die Ohrstöpsel ein und gehe laufen. Ich brauche dringend frische Luft. Vielleicht hilft joggen mir, meine Gedanken zu sortieren.

Okay, das Duschen vorher habe ich mir schenken können. Japsend sitze ich in der Küche. Immerhin bin ich dieses Mal schon länger gelaufen als beim letzten Versuch. Wenn ich so weitermache, könnte ich so in 10 Jahren die fünf Kilometer um den Teich schaffen. Schnell schütte ich einen Liter Wasser runter und nehme mir fest vor, nach der nächsten Dusche Laura anzurufen. Wir wollen uns schließlich heute treffen, zum Kaffeetrinken, also warum nicht gleich zum Frühstück. Die Herrschaften da oben in den Betten können sich ihr Frühstück ausnahmsweise mal selber machen. Schlurfend gehe ich erneut unter die Dusche, ziehe mir schicke Sachen an und greife zum Telefon.

„Ja? Wer stört mich so früh?", krächzt Lauras leise und müde Stimme durchs Telefon.

„Frühstück? Ich will mit dir reden", entgegne ich vorsichtig.

„Hä? Es ist, Moment mal … es ist gerade mal 9:30 Uhr am Samstag. Bist du total irre?" Ich höre ein Seufzen in der Leitung. „Okay, in 30 Minuten bin ich fertig … naja, zumindest kannst du mich dann abholen. Aber Anna, du bezahlst … und wehe es ist nicht wichtig!" Ein drohender Unterton liegt in ihrer Stimme.

Nach 30 Minuten hole ich Laura ab und wir setzen uns in unser Lieblingskaffee. Sie sieht noch sehr müde aus.

„Halbe Nacht unterwegs?", frage ich. Fast habe ich ein schlechtes Gewissen, Laura so früh, zumindest für sie ist es früh, aus dem Bett geschmissen zu haben.

„Hmmm …", bestätigt sie und packt ihren Kopf auf ihre Hände.

Die Kellnerin sieht uns entsetzt an. „Kaffee gefällig oder lieber extra starken Espresso?"

„Zweimal Frühstück bitte, mit einer großen Kanne voll starkem Kaffee", bestelle ich und Laura nickt nur kurz, so dass ihr Kopf fast von den Händen rutscht.

Sie fängt sich gerade noch. Ist sie wirklich gerade im Sitzen eingeschlafen? Verflucht, das muss ja eine kurze Nacht gewesen sein. Nach zwei Tassen Kaffee, die sie in sich hineinschüttet, gehen so langsam ihre Augen auf.

„Was gibt es denn nun so Wichtiges, dass du mich Samstag, quasi mitten in der Nacht, aus dem Bett klingelst?" Sie schlürft an ihrem dritten Kaffee.

„Ich hatte heute Nacht Sex", nuschle ich etwas verlegen.

„Äh, ja."

– Stille. – Eine ihrer Augenbrauen wandert nach oben.

„Ich weiß ja, dass ihr verheiratet seid und zwei Kinder habt, aber wieso zum Teufel holst du mich mitten in der Nacht aus dem Bett, um mir zu erzählen, ihr hattet SEX?! Ist das denn so ungewöhnlich bei einem Ehepaar? Du weißt, ich verstehe da nicht viel von", grummelt sie weiter. Ihre Stimme klingt etwas erregt, muss ich gestehen.

„Nein, Laura, du verstehst nicht", flüstere ich mit gesenktem Kopf. „ICH hatte Sex, nicht WIR."

– Stille. –

„Äh, Mausilein."

– Stille. –

„Hase."

– Stille. –

Röte breitet sich auf meinen Wangen aus.

„Du willst mir nicht wirklich erzählen, dass du …"

Doch ich lasse sie nicht aussprechen, schnell falle ich ihr ins Wort. „Laura, du verstehst nicht, ich hatte Sex mit John!"

– Stille. –

Nun ist sie schlagartig wach.

„Du bist fremdgegangen?!", schreit sie fast hysterisch. Die beiden älteren Damen gucken mich angewidert an und schütteln den Kopf.

Ich höre sowas wie: „Also diese Jugend … zu unseren Zeiten …"

„Pst, bitte!", flehe ich sie an. „So kann man das auch wieder nicht sagen. Ach, ich weiß ja auch nicht."

Ein Fragezeichen zeichnet sich auf ihrem Gesicht ab. „Was weißt du nicht? Du musst doch wissen, ob ihr miteinander geschlafen habt oder nicht? Und wo hast du ihn überhaupt getroffen? Er wohnt doch viel zu weit weg, um mal eben zu einem Schäferstündchen vorbeizukommen!"

„Es war im Traum. Ich weiß, es hört sich bescheuert an, aber es fühlte sich so wirklich an. Mehr als das, es fühlte sich real an, wirklich!"

Okay, das ist jetzt der Zeitpunkt, wo sie mich gleich unter irgendwelchen fadenscheinigen Argumenten in die Klapse einfährt.

„Einen Whisky, bitte", ruft sie der Kellnerin zu, die darauf nur kopfschüttelnd hinter dem Tresen verschwindet.

Wieder höre ich die älteren Damen an unserem Nachbartisch flüstern. „… diese Jugend … zu unserer Zeit …"

Jugend nehme ich da mal als Kompliment, angesichts meines Alters fühlt man sich da ja schon geschmeichelt. Haarklein muss ich nun erläutern, was passiert ist und wieso ich das Gefühl habe, dass es real ist. Ich erzähle von den ersten Träumen und dass sie immer wiederkehren, immer wieder an dem gleichen Ort. In diesem Garten, mit dieser Bank.

„Da gibt es nur eins, du musst dich mit ihm treffen, um zu sehen, ob es wahr ist!"

Laura schlägt eine Faust auf den Tisch. Das ist den älteren Damen wohl zu viel. Sie rufen erbost die Kellnerin, um zu bezahlen. Nun brauche ich wenigstens nicht mehr so zu flüstern. Die Damen haben zwischendurch schon Ohren wie Rhabarberblätter bekommen, was mir ziemlich missfallen hat in Anbetracht meiner schlüpfrigen Geschichten, die ich zum Besten gegeben habe. Es ist das eine, in Jugendjahren mit der besten Freundin über schlüpfrige Begegnungen zu quatschen und sich über Missgeschicke auszulassen und zu lachen. Aber etwas anderes in unserem Alter, als Ehefrau und Mutter zweier Kinder, dieses zu tun und auch noch von

Fremden belauscht zu werden. Ich erröte und halte mir schämend die Hände vors Gesicht. Oh je, ich bin im Laufe der Jahre wohl etwas prüde geworden.

„Treffen? Na du bist ja lustig. Ich kann ihn ja anrufen und sagen. ‚Hallo John, du sag mal, ich will mich mit dir treffen, um herauszufinden, was das mit den Träumen auf sich hat. Am besten du kommst sofort die 500 km hergefahren oder soll ich doch lieber zu dir nach Hause kommen? Denn bei mir sitzt ja mein Ehemann Greg auf dem Sofa und meine Kinder sind auch da! Ach ne, lass mich überlegen, bei dir ist ja auch deine Frau Jana und deine Tochter‘.“

Ich hörte mich fast ein wenig hysterisch an.

„Noch eine Kanne Kaffee und einen Whisky bitte!“, brüllt Laura in Richtung der Kellnerin.

Diese schnalzt missbilligend mit der Zunge, geht aber Kaffee und Whisky holen. Nach gefühlten drei Kannen Kaffee und Lauras viertem Whisky fahre ich sie nach Hause. Ich bin immer noch nicht schlauer, aber erleichtert mit jemandem geredet zu haben. Mir fällt ein Stein vom Herzen. Zu Hause kommt mir gleich Kai entgegengelaufen.

„Wo warst du denn, Mam? Ich habe Hunger. Hast du keine Brötchen mitgebracht?“

Entsetzt sucht er meine Hände nach Brötchentüten ab. Mein Blick gleitet zur Küche. Kein Frühstückstisch ist gedeckt. In der Stube sitzt Greg und schaut fern.

„Wo bleibst du denn mit den Brötchen? Wir haben schon Hunger!", nörgelt er mich an.

Schnell fahre ich also los und hole erst mal Brötchen. Kai und Karla decken inzwischen den Tisch. Karla macht sogar Spiegeleier mit Speck und kleinen Würstchen. Greg sitzt weiterhin in der Stube und guckt Fußball.

KAPITEL 7

Das Frühstück ist wie immer. Kai redet ununterbrochen und sogar Karla erzählt mir fröhlich, was in der Schule vor sich geht und was sie die letzten Tage gemacht hat. Auch meine neugierigen Fragen über Duster beantwortet sie mir ohne ihr übliches Gemurre und Genöle.

Sie wird wohl erwachsen, denke ich so bei mir.

Greg guckt wie immer in seine Zeitung. Die Kinder beachten ihn schon nicht mehr. Denn sie sprechen ausschließlich mich an, auch wenn Greg viel näher an der Lieblingsmarmelade oder Nutella dran sitzt, stelle ich traurig und wehmütig fest.

„Wollen wir heute alle gemeinsam schwimmen gehen?", platzt es aus mir heraus. Kai und sogar Karla sind hellauf begeistert.

„Darf Duster mit?"

Karla guckt mich erwartungsvoll, aber aus ängstlichen Augen an. Ich schlucke sichtbar, aber wenn Karla mich schon fragt, dann muss es ihr ja wichtig sein. Um meine endlich mal wieder sprechende Tochter nicht zu vergrämen und da es ihr sehr wichtig ist, stimme ich natürlich zu. Dankbar fällt sie mir um den Hals und rennt aus der Küche, ohne den Blick ihres Vaters auch nur zu bemerken.

„Was geht denn hier ab", entfährt es Greg. „Seit wann redet sie?"

Das war nun zu viel des Guten, nun platzt mir mein sonst so dicker Kragen.

„Wenn du mal deine blöde Zeitung weglegen könntest und dich nicht nur auf dein Fußball konzentrieren würdest, dann würde SIE sicherlich öfters mit DIR reden!"

Wutentbrannt stehe ich auf, Kai hat sich schon sicherheitshalber verzogen und packt fleißig seine Schwimmsachen.

„Drehen hier jetzt alle durch? Ich bin noch nicht fertig mit dem Frühstück!"

„Wir aber! Du bist dann wohl dran mit abdecken!", brülle ich ihn an und lasse ihn mit hochgezogenen Augenbrauen am Tisch sitzen.

Wir packen unsere Schwimmsachen und lassen Greg alleine. Heute kann ich sehr gut darauf verzichten, ihn mit zum Schwimmen zu nehmen. Eigentlich will ich ja, dass wir alle mal zum Schwimmen fahren. So lange sind wir nicht mehr alle gemeinsam weggefahren. Ich bin meistens alleine mit den Kindern unterwegs. Er ist entweder arbeiten, zu kaputt von der Arbeit, beim

Fußball oder zu kaputt vom Fußball. Er fragt nicht einmal, wo wir denn hinwollen.

Zu viert erleben wir einen tollen Tag im Schwimmbad. Kai plantscht wie ein Wilder, rutscht in Geschwindigkeiten die steile Rutsche herunter, die mir regelmäßig die Schweißperlen auf die Stirn treiben, jauchzt dabei aber so laut, dass ich trotz meiner Angst grinsen muss. Karla und Duster sind verliebt und ich muss gestehen, ich bin ein bisschen eifersüchtig, wie Duster mit Karla umgeht. Er liest ihr jeden Wunsch von den Augen ab, küsst sie immer wieder vorsichtig auf die Wange, wenn er meint, ich sehe es nicht und flüstert ihr was ins Ohr, was ihr des Öfteren eine Gänsehaut auf die Haut zaubert. Ich wünsche meiner Tochter nichts sehnlicher, als dass sie einen aufmerksameren Mann findet als ich. Ich habe meine Chance damals in jungen Jahren vergeigt und hoffe, Karla ist nicht so dumm wie ich. Ich nutze die Gelegenheit, auch einige Bahnen zu schwimmen, und kann währenddessen weiter darüber nachdenken, was Laura gesagt hat.

Soll ich mich mit John treffen? Aber was soll ich ihm sagen? Würde er sich überhaupt mit mir treffen wollen? Seine Frau ist schon immer eifersüchtig auf mich gewesen, das war auch der

Grund, warum ich nicht mehr zu den Feiern unserer früheren gemeinsamen Freunde gefahren bin. Sie hat mich immer mit Blicken getötet und ich habe nicht einmal mit ihm sprechen dürfen, ohne dass sie ihn hinterher angeranzt hat oder es schon auf der Feier zu einem handfesten Streit zwischen ihnen gekommen ist. Also habe ich es ziemlich schnell sein lassen. Und da ich ja eh die Kinder bekommen habe, ist es immer mit sehr viel Aufwand verbunden gewesen. Aber nun sind die Kinder groß genug. Sollte ich es wagen? Nach einem wunderschönen Tag im Schwimmbad fahren wir wieder nach Hause.

Davor haben wir noch in einem italienischen Restaurant gemütlich gegessen. Ich habe natürlich nur einen Salat genommen, während die anderen sich über riesige Nudelberge mit leckeren Soßen oder Riesen-Pizzen hergemacht haben. Mir ist schon etwas das Wasser im Munde zusammengelaufen, aber die mühsam abgestrampelten Kalorien habe ich mir nun wirklich nicht wieder rauffuttern wollen. Auch wenn es sehr lecker gerochen und den Kindern auch sehr gut geschmeckt hat, ich habe lächelnd verzichtet.

Zu Hause erwartet mich noch immer das gleiche Bild.

– Chaos. –

Der Frühstückstisch ist noch fast gedeckt, wenigstens haben es die Lebensmittel in den Kühlschrank geschafft. Teller und Tassen stehen aber noch an der gleichen Stelle. Seufzend mache ich mich daran, das Chaos zu beseitigen, als Greg aus der Stube brüllt: „Wann gibt es Abendbrot?"

„Wir haben beim Italiener gegessen", antworte ich nur kurz und räume weiter die Geschirrspülmaschine ein.

„Na toll und ich?", entgegnet Greg beleidigt.

„Du warst nicht da!"

„Ihr hättet mir ja mal was mitbringen können!"

Wutschnaubend stapfe ich in die Stube! Nun reichte es wirklich.

„Du hast mit ins Schwimmbad kommen können und hast nicht den ganzen Tag dein Sofa hüten müssen. So bist du nicht dabei gewesen und hast auch nichts zu essen bekommen! Aber du weißt ja wohl, wo der Kühlschrank oder der Gefrierschrank stehen! Da ist sogar noch gekochtes Essen drin! Das brauchst du nur aufwärmen! Sowas solltest selbst DU hinbekommen!"

Ich spucke ihm die Worte förmlich entgegen und warte gar keine Antwort ab, sondern stampfe wieder Richtung Küche, um mich weiter an die

Arbeit zu machen. Kai muss bald ins Bett und ich will nur noch eins, ebenfalls ins Bett und träumen, möglichst von John.

KAPITEL 8

***

Langsam streichen seine Finger über meinen Rücken und hinterlassen ein wohliges Gefühl auf meiner Haut. Eine Gänsehaut breitet sich wie immer auf meinem Körper aus. Es tut so gut, hier mit John zu liegen. Es ist alles wie in einer anderen Welt. Zärtlich streichelt er meine Haare, liebkost jeden einzelnen Finger, den Handrücken, über meinen Arm bis hoch zu meinem Hals.

Mhhhh. Hier möchte ich bleiben. Ich setze mich auf, um in seine wunderschönen braunen Augen zu schauen. Ein Lächeln umspielt seine Lippen, eines, das einen so betört, dass man alles um sich rum vergisst. Meinen Kopf senkend küsse ich vorsichtig seine Stirn und taste mich langsam an seiner Wange hinunter zu seinen Lippen. Sanft zieht er mich zu sich herab und gibt mir einen sehnsuchtsvollen Kuss. Oh, wie ich es liebe. Ich lasse ihn gewähren, viel zu groß ist meine Sehnsucht nach Zärtlichkeit. Und wenn einer zärtlich ist, dann John. Mein Gewissen meldet sich längst nicht mehr. Das habe ich inzwischen ruhiggestellt. Es ist ja nur ein Traum, sage ich mir, und genieße seine Nähe, seine vorsichtigen Liebkosungen. Leider geht die Zeit immer viel zu schnell vorbei. Wie immer, wenn man nicht möchte, dass etwas endet, dann tut es das, bevor es richtig beginnt.

***

Ich drehe und wende mich im Bett. Nein, bitte nicht, die Nacht darf noch nicht vorbei sein, ich will es noch genießen. Ich habe schon wieder zwei Wochen warten müssen, bis ich John endlich nach unserem letzten Zusammentreffen und unserem Schäferstündchen wiedersehen konnte. Das darf noch nicht wieder vorbei sein. Die Decke über den Kopf gezogen vergrabe ich meinen Kopf im Kopfkissen. Aber der Wecker ist erbarmungslos. Laut klingelt dieser trotzdem. Greg zieht genervt an meinem Kissen.

„Hallo! Dein Wecker klingelt, mache den mal aus, da kann ja kein Mensch schlafen!"

„Das ist der Sinn eines Weckers", entgegne ich trocken und stehe auf. Den Wecker lasse ich demonstrativ bimmeln.

„Verflucht, Anna! Mach das Ding aus!", brüllt er mir hinterher, als ich flötend die Treppe runtersprinte, um unter die Dusche zu hüpfen.

Nix da, heute kann der Herr auch mal rechtzeitig aufstehen. Aber er tut es selbstverständlich nicht. Als ich frisch geduscht ins Schlafzimmer tapse, ist mein Wecker aus, er hat einfach das Stromkabel rausgezogen. Na, so geht es auch. Greg schnarcht genüsslich. Resigniert ziehe ich mich an, reiße ihm seine Decke weg, um sie auf den Boden zu werfen, und wecke die Kinder.

Auf der Arbeit erwartet mich der gleiche Tagesablauf wie immer. Ich koche Kaffee, mache Dienstbotengänge für meinen überheblichen Chef und sehne mich nach dem Feierabend. In meiner Frühstückspause öffne ich meine privaten Mails. Da ist eine Mail von einer alten Freundin von Marta und mir. Neugierig lese ich sie.

Liebe Freunde und Freundinnen,
unsere liebe Marta wird bald 40 Jahre. Wenn das mal kein Grund zum Feiern ist! Wir möchten uns am 25.08. um 19 Uhr bei ihr treffen, um gemeinsam ihren runden Geburtstag zu feiern! Es ist allerdings eine Überraschungsparty! Also pssssst. Sie weiß nichts und das soll auch so bleiben. So jung treffen wir uns nie wieder! Um zahlreiches Erscheinen wird deshalb dringend gebeten.

Entsetzt starre ich auf meinen PC. Schon 40? Ja

klar, ich bin ja schließlich auch schon 40 und sie ist ein paar Monate jünger als ich. Seit wann habe ich Marta nicht mehr gesehen? Ich glaube das ist mindestens schon elf Jahre her. Sie hat uns ab und an mal besucht, das letzte Mal, als Kai geboren wurde. Aber sie hat sich mit Greg nicht verstanden. Auch sie ist damals der Meinung gewesen, er sei nicht der Richtige und ich solle lieber bei John bleiben. Sie hat nie einen Hehl daraus gemacht, dass sie ihn nicht leiden kann und ihm völlig unverblümt ins Gesicht gesagt, dass er mich sowieso nicht an sich binden kann und sie da sein würde, sobald er einen Fehler macht, um ihm den Todesstoß zu versetzen. Greg ist danach wutentbrannt zu mir gekommen und hat sich über Marta ausgelassen. Als ich sie traurig zur Rede gestellt habe, hat sie nur gemeint, sie habe doch recht und er SEI nicht der Richtige und er WIRD mich nicht ewig an sich binden können, denn er WIRD mich nicht verdienen. Aber wer verdient schon wen? Wer entscheidet das? Wir sind schließlich verlobt gewesen und ich habe gemeint, sie müsse diese Entscheidung schon mir überlassen. Bei dem Gedanken raufe ich mir das Haar. Hat sie doch recht behalten?

Ein paar Strähnen fallen mir schon wieder lockig ins Gesicht. Ungeduldig puste ich sie nach oben, doch sie fallen sofort wieder herunter. John wird auch da sein, die beiden sind befreundet geblieben, als es mit uns auseinander gegangen ist. Er hat sie oft gefragt, was er falsch gemacht hat, dass ich ihn verlassen habe. Marta hat mich nie verraten, sie ist die treueste Freundin, die ich je gehabt habe. Gerne denke ich an alte Zeiten zurück. Auch wenn sie missbilligt hat, was ich damals getan habe, sie hat mir immer beigestanden und mich festgehalten, wenn ich mal wieder heulend in der Ecke gesessen habe, weil ich es zutiefst bereut habe, dass ich fremdgegangen bin. Aber es ist zu spät gewesen. Ich habe eine Schwelle überschritten gehabt, die ich nie habe überschreiten wollen. Bin zu wild gewesen und habe es damals viel zu sehr genossen, auf einmal von den Jungs wahrgenommen zu werden.

„Ihre Pause ist zu Ende! Bekomme ich nun endlich meine Unterlagen oder sind sie festgewachsen?", höre ich plötzlich die Stimme meines Chefs an der Tür.

Erschrocken und wie ertappt springe ich von meinem Stuhl auf, so dass ich mir das Knie am Tisch anhaue und laut fluche. Mein Chef verlässt laut lachend das Büro.

„Blödmann", nuschle ich und krame seine ach

so wichtigen Unterlagen zusammen, um sie ihm zu bringen.

Die E-Mail lässt mir keine Ruhe. Ich weiß ja, dass Marta bald Geburtstag hat, aber soll ich hin? Ich bin schon ewig nicht mehr zu ihren Geburtstagen gefahren. Jedes Jahr bekomme ich eine Einladung, aber dieses Mal könnte es mich reizen. Die Kinder sind alt genug, um mal ein Wochenende ohne mich auszukommen, und Greg, ja, auch Greg wird es wohl überleben, wenn er mal ein Wochenende nur Ravioli aus der Dose oder Pizza essen muss. Er kennt ja die Telefonnummer vom Pizzaboten. Ich muss mich mit Laura beratschlagen. Ganz dringend! Eilig greife ich zum Telefonhörer und wähle ihre Nummer.

„Laura, wir müssen reden. Sofort!"

„Okay, nach der Arbeit. Wollen wir was trinken gehen?" Sie scheint, sich zu freuen. Kurz überlege ich, ob ich das so mitten in der Woche machen kann. Sie bemerkt mein Zögern. „Ach komm schon, Anna, deine Kinder sind alt genug, um sich mal selber das Abendbrot zu machen. Gib dir einen Ruck!"

„Okay, 19:00 Uhr bei unserem Lieblingsitaliener."

Ich gebe mir den Ruck, den Laura sich wünscht.

„Eilst du eigentlich nicht nach Hause heute?“, fragt Laura lachend.

Erschrocken gucke ich auf die Uhr, oh je, nun aber fix. Bei der derzeitigen Verkehrslage brauche ich mindestens 45 Minuten nach Hause und ich habe eigentlich schon seit 20 Minuten Feierabend. Ich bin verdammt spät dran! Hastig sprinte ich zu meinem Auto und fahre nach Hause.

Mist, tatsächlich mal wieder Stau vor der blöden Baustelle. Wann sie die bloß endlich fertig gestellt haben? Seit sieben Monaten bessern die nun schon die Fahrbahn aus und machen aus zwei nur einen Fahrstreifen. Nicht dass hier nicht schon mit zwei Fahrbahnen viel los ist, aber mit einer geht hier gar nichts mehr. Ich höre laut Musik und denke über Marta nach. Was wird sie wohl sagen, wenn ich plötzlich nach all den Jahren auftauche? Wir haben kaum noch Kontakt. Man schickt sich zum Geburtstag oder Weihnachten mal eine SMS, das ist es dann leider auch. Früher haben wir viel telefoniert, fast jeden Tag haben wir voneinander gehört. Manchmal mehrmals. Aber nun? Ich weiß, dass es meine Schuld ist, ich habe den Kontakt einschlafen lassen. Es ist nicht zu ertragen gewesen, dass sie auf Greg rumgehackt hat, auch wenn sie teilweise recht gehabt hat. Ich habe ihn nicht mal mehr verteidigen können, da sie ja zu Recht gemeint hat, er müsse mir mehr helfen. Aber Greg hat nur den Fußball, seinen Job und sein Sofa im Sinn. Ach ja, und den Fernseher, den lässt er ebenfalls ungern aus.

Ich denke zurück an die Zeit nach meinem Unfall. Damals habe ich mir den Fuß gebrochen, als ich unglücklich die Treppe runtergefallen bin, wegen einer liegengelassenen Socke. Er ist keinen Tag von der Arbeit zu Hause geblieben, um mir zu helfen, auch eine Haushälterin hat er nicht ins Haus geholt. Das sei ja eine fremde Person und sowas will er nicht in seinem Haus haben. Ich habe mir selber helfen müssen. Oft ist Laura nach der Arbeit vorbeigekommen, um im Haushalt zu helfen, denn staubsaugen und wischen ist mit Krücken nur schwer möglich gewesen. Auch die Wäsche hat sie oft aufgehängt, da ich mit Gips die Wäschekörbe nicht habe tragen können. Karla und Kai sind noch zu klein gewesen, um wirklich eine Hilfe zu sein, aber die Beiden haben alles in ihrer Macht stehende versucht. Sie haben geholfen, den Tisch zu decken, wieder abzuräumen und die Geschirrspülmaschine ein- sowie ausgeschaltet. Karla hat sogar versucht, des Öfteren zu kochen, zwar mit meiner Anleitung, aber sie hat ihre Sache mehr als gut gemacht. Nur

Greg ist nicht wirklich eine Hilfe gewesen.

„Du hast doch nur einen Fuß im Gips, die Hände sind noch frei", habe ich zu hören bekommen, wenn ich gefragt habe, ob er mal mit anpacken kann.

Am Anfang habe ich noch gefragt, aber nach einiger Zeit nicht mehr. Ich bin erfinderisch geworden und habe immer mehr alleine auf die Reihe bekommen.

Zwei orange blinkende Lichter bringen mich ins Hier und Jetzt zurück.

„AU Backe!", kreische ich.

Vor mir ist das Stauende. Mit voller Wucht trete ich auf die Bremse, die Straße ist noch etwas feucht, es hat morgens geregnet. Der Wagen rutscht etwas, also lasse ich kurz von der Bremse ab, um diese sofort wieder zu treten. Beide Hände fest am Lenkrad bete ich, dass ich noch rechtzeitig zum Stehen komme. Uff, geschafft. Das Auto steht. Nur eine Haaresbreite von meinem Vordermann entfernt, aber ich stehe. Den Kopf lasse ich auf das Lenkrad sinken.

Ich sollte nicht mit offenen Augen träumen, denke ich.

Die Baustelle und der tägliche Stau davor, den habe ich fast nicht gesehen. Mit 100 km/h auf das Stauende auffahren, ist nicht die tollste Idee. Ich schlucke, langsam geht es weiter. Nach geschlagenen 50 Minuten komme ich endlich entnervt zu Hause an und schließe die Wohnungstür auf.

„Entschuldigung Kinder, ich habe mal wieder im Stau gestanden!", rufe ich in die Wohnung hinein. Karla und Kai streiten gar nicht. Merkwürdig.

„Macht nichts Mama, wir machen Hausaufgaben, aber wir haben Hunger!", ruft Karla mir gutgelaunt zu.

Überrascht bleibe ich stehen. Hat meine Tochter mir gerade geantwortet? Ich grinse. Duster scheint ihr gut zu tun, sie hat ihre Stimme wieder! Die Küche hat sich leider nicht aufgeräumt, nun gut, zu viel kann ich ja nun auch nicht erwarten. Ich mache schnell Nudeln mit Tomatensoße alla Anna, das mögen beide Kinder gerne. So habe ich wenigstens keine nörgelnden Mäuler am Tisch.

„Ich gehe heute Abend mit Laura aus, bitte geht rechtzeitig ins Bett. Wir haben noch was für die Arbeit aufzubereiten", lüge ich etwas schuldbewusst.

„Mam, du brauchst uns nichts zu erklären. Du kannst auch abends mal weggehen. Wir sind alt genug. Nicht wahr, du kleiner Quälgeist", entgegnet Karla und wuschelt Kai dabei durch die Haare.

„Oh, lass das, sonst zerstöre ich deine heilige Frisur auch", nörgelt Kai und streckt Karla die Zunge heraus.

Lachend essen wir zu Ende, unterhalten uns und ich freue mich, dass meine Kinder mir ein *okay* gegeben haben.

Meine Haare stehen mal wieder wild zu allen Richtungen ab. Seufzend versuche ich, sie mit einem Lockenkamm zu bändigen.

„Hopfen und Malz verloren, würde ich sagen", grummle ich vor mich hin und packe noch etwas Glättungsschaum rein. Aber das hilft nicht sonderlich viel, meine Haare führen einfach ein Eigenleben. Ich muss mich damit abfinden. Resigniert stelle ich Schaum und Kamm weg, ziehe mich an und gehe nach unten. „Tschüss und pass auf, dass Kai rechtzeitig ins Bett geht", rufe ich in Karlas Zimmer, die mal wieder über ihren Büchern hängt und lernt.

„Mmmmh", bestätigt Karla und guckt nur kurz auf, um sich danach weiter ihren Büchern zu widmen.

„Kai, mach deiner Schwester das Leben nicht so schwer, geh nicht so spät ins Bett und vergiss das Zähneputzen nicht!", rufe ich Kai zu, der mich nur grinsend ansieht. Na bravo, hoffentlich geht das gut. Etwas angespannt gucke ich in die Stube. „Ich gehe jetzt. Ich bin mit Laura zum Essen verabredet."

„Und was ist mit Abendbrot?", entgegnet Greg entsetzt. Na wenigstens kein Vorwurf, er macht sich, denke ich so bei mir. Ob er erwachsen wird? „Hallo? Anna, jemand zu Hause?", ertönt erneut Gregs Stimme.

„Frisches Brot ist im Brotkorb, der Kühlschrank ist voll, wo die Teller stehen, solltet ihr wissen", schmeiße ich zurück und gehe.

„Einen schönen Abend und grüß Laura", höre ich noch beim Hinausgehen.

Etwas verwirrt steige ich ins Auto. Hat er mir gerade einen schönen Abend gewünscht? Nicht dass er krank wird. Nun habe ich ein schlechtes Gewissen, nicht nur, weil sich die Kinder alleine versorgen müssen, sondern weil Greg etwas geknickt wirkt. Schnell wische ich die Gedanken beiseite, ich möchte einen schönen Abend mit meiner Freundin verbringen, ohne dabei dauernd den Kopf zu Hause zu haben. Pünktlich hole ich gutgelaunt Laura von zu Hause ab. Wenn ich selber fahre, komme ich wenigstens ums Trinken rum. Und Laura trinkt gerne mal etwas. Ich bestelle einen leckeren Salat mit Putenstreifen und einem köstlichen italienischen Dressing. Einfach himmlisch. Laura hingegen haut rein. Sie futtert eine riesen Pizza mit Garnelen drauf. Wo sie das nur lässt? Bei mir sind schon zwei Kilo drauf, wenn ich ihr beim Essen nur zusehe.

„Also", fängt Laura an, „was planst du?"

Ich schlucke meinen Salat runter und gucke sie etwas verwirrt an.

„Wie, was plane ich?"

„Na fährst du zum Geburtstag von Marta oder nicht?", platzt es aus ihr heraus.

„Ich weiß nicht so recht. Das sind mindestens drei Tage, sonst lohnt sich das bei der Strecke nicht. Besser ist jedoch ein verlängertes Wochenende", erwidere ich.

Mein Appetit vergeht mir gerade, als ich an die Einladung denke und ein dicker Kloß macht sich in meinem Hals breit. So lange schon habe ich Marta nicht mehr gesehen, ich würde sie gerne besuchen. Und dann ist da ja noch John, der sicherlich auch da sein wird. Ich würde endlich Gewissheit bekommen, was es mit den Träumen auf sich hat.

„Ach, ich weiß nicht", versuche ich noch einmal. „Und so alleine ist das ja auch doof", setze ich hinzu.

„Dann komme ich eben mit!", flötet Laura

enthusiastisch und beißt genüsslich von ihrer Pizza ab.

„Du würdest mitkommen? Aber du kennst doch keinen dort außer mir", stammle ich.

„Na und? Du hast mir schon so viel von ihnen erzählt, mir ist fast, als kenne ich jeden Einzelnen."

Die Gabel rutscht mir aus der Hand. Sollten wir gemeinsam fahren und ein paar schöne Tage verbringen? Ein richtiges Frauenwochenende?

„Ich überlege es mir", entgegne ich kauend.

„Nicht zu lange, Anna, sonst steht das Angebot nicht mehr."

Laura lacht auf und verputzt auch noch den Rest von ihrer Pizza. Ich platze schon von meinem Salat und schiebe resigniert den fast leeren Teller zur Seite.

„Ich kann nicht mehr, ich platze gleich!"

Erst um 23 Uhr bin ich total müde wieder zu Hause. Laura wäre am liebsten noch länger geblieben, aber ich war einfach zu kaputt. Leise schleiche ich mich ins Haus, aber im Wohnzimmer ist noch der Fernseher an. War ja klar. Greg schaut ja noch fern.

„Ich bin wieder da", begrüße ich ihn.

„Hattet ihr einen netten Abend? Die Kinder sind im Bett. Kai hat zwar mit mir verhandeln wollen, länger aufbleiben zu dürfen, aber ich habe ihn um halb neun ins Bett geschickt. Schließlich ist morgen Schule. Karla hat um 22 Uhr endlich aufgehört zu lernen. Ich glaube sie schreibt morgen eine Matheklausur, sie lernt ja wie eine Wahnsinnige."

Verwirrt stehe ich in der Wohnzimmertür. Er hat Kai ins Bett gebracht? Und hat mitbekommen, dass Karla noch lernt? Wo ist mein Mann und was hat der Kerl, der auf unserem Sofa sitzt, mit ihm gemacht?

„Gehst du gleich ins Bett oder guckst du mit mir noch etwas fern?" Greg guckt mich fragend an.

„Ich wackle ins Bett", stoße ich langsam hervor. „Morgen ist ein Arbeitstag und es ist schon viel zu spät", entgegne ich verwirrt.

„Schade." Greg schaut zu Boden.

Kopfschüttelnd schleiche ich ins Bad und mache mich bettfertig. Ich bin einfach zu müde, um mir jetzt noch den Kopf zu zerbrechen, das muss warten bis morgen, da kann ich hoffentlich wieder klarer denken. Ich falle schnell in einen traumlosen Schlaf. Leider.

Am nächsten Morgen weiß ich, warum ich in der Woche normalerweise nicht ausgehe, beziehungsweise, warum eigentlich nie. Ich fühle mich wie gerädert, als der Wecker klingelt und mein Kopf dröhnt. Dabei habe ich nicht einmal was getrunken. Wie muss es da erst Laura gehen? Zerknirscht mache ich Frühstück und mir ausnahmsweise einen eigenen Kaffee. Ohne diesen bekomme ich meine Augen heute nicht auf.

„Guten Morgen, hattest du einen schönen Abend?"

Karla guckt mich erwartungsvoll an. Ich verschlucke mich prompt an meinem viel zu heißen Kaffee und starre sie an.

„Äh ja, danke. Es war toll. Wir haben auch richtig was geschafft", stammle ich.

Karla lacht. „Jaja, Mam, schon gut."

Okay, ertappt. Karla ist nicht auf den Kopf gefallen. Verlegen grinse ich und gebe ihr einen Kuss auf die Wange.

„Ich habe dich lieb, mein Schatz", flüstere ich ihr ins Ohr.

Sie drückt mich fest an sich und auch Kai kommt zum Kuscheln dazu. Da ertönt schon Lauras Hupe. Oh je, ich bin spät dran. Schnell lege ich den beiden Kindern Geld auf den Tisch.

„Ich habe keine Zeit gehabt, Frühstück für die Pause zu machen. Heute müsst ihr euch mal was in der Schule besorgen! Es tut mir leid", rufe ich den beiden beim Rausrennen zu.

Greg, der gerade die Küche betritt, guckt verwirrt auf seinen Platz. Dort steht zum ersten Mal in unserer Ehe kein Kaffee. Den habe ich heute mal selbst getrunken.

Laura hat genauso kleine Augen wie ich, der Rest sieht aus wie aus dem Ei gepellt. Wie macht sie das? Ich habe mir mit Müh und Not die Haare etwas gemacht. Nicht dass es viel bringen würde, aber zumindest habe ich versucht, die Locken zu bändigen.

„Und? Entschieden?" Laura gluckst neugierig.

„Ne, nicht wirklich. Etwas kompliziert", stöhne ich. „Ich glaube Greg merkt was", setze ich kleinlaut hinzu.

„Was merkt er?" Laura stutzt.

Ich überlege. Das ist eine gute Frage, wie soll man das erklären? Fremdgehen ist es ja eigentlich nicht. Oder doch? Wie soll man das nennen, was gerade passiert?

„Na, dass ich mich irgendwie … entferne. Ich bin nicht mehr nur für die Familie da."

„Du bist wieder mehr DU, meinst du wohl, und machst mal was für DICH und nicht nur für deine Familie", hakt Laura nach.

„So kann man es auch nennen", seufze ich. „Nun aber genug davon. Was macht dein

Liebesleben? Wir reden dauernd nur über mich, du erzählst ja gar nichts mehr", lenke ich schnell vom Thema ab.

„Hör bloß auf! Jean-Paul ist ein Reinfall. Der hat mehr Katzen in seinem Haus als unsere Kollegen Vögel im Kopf. Und alles miaut und guckt einen an. Ich habe es keine halbe Stunde bei ihm ausgehalten. Dann bin ich fluchtartig aus dem Haus gerannt. Und die ganze Zeit hat er nur von seinen Siamkatzen erzählt. Wie erfolgreich er auf den Ausstellungen ist und wie teuer diese sind."

Laura kreischt fast. Ich grinse. Laura als Katzenmutti, zu komisch. Dabei bekommt sie schon Herpes, wenn sie ein Tier nur von weitem sieht.

„Eines dieser teuren Viecher hat mir in die Tasche gepinkelt! Stell dir das mal vor! Einfach reingepinkelt. Die ist nun ruiniert, ich habe sie wegschmeißen müssen!" Lauras Stimme hallt hysterisch durch das ganze Auto. Ich schüttele mich vor Lachen und Laura blitzt mich böse an. „Das ist nicht witzig!", faucht sie mich an.

„Entschuldigung", nuschle ich immer noch lachend. „Aber die Vorstellung, wie du zwischen den ganzen teuren Siamkatzen sitzt und versuchst, sie dir vom Leib zu halten, ist zu komisch."

Ich genieße das lustige Geplänkel mit ihr, endlich mal nicht über John und den ganzen Mist nachdenken. Nur ganz normal mit seiner Freundin rumalbern und über belangloses Zeug reden.

KAPITEL 9

Der Ernst holt uns schnell genug ein. Mein Chef legt es heute wirklich darauf an, mich vorzuführen, und einige Kollegen versuchen alles, es im gleich zu tun. Ich kann zum Glück alle blöden *Das waren aber Sie* Attacken abwehren und somit kann mir keiner was in die Schuhe schieben. Nix da, so leicht lasse ich mich nicht mehr ins Bockshorn jagen. Zu oft habe ich den Kopf hingehalten für einige meiner ach so schlauen Kollegen. Sie haben mich zu oft vor Herrn Jansen, meinem Chef, als Idiotin und als Buhmann dastehen lassen. Der Zug ist abgefahren, mit mir nicht mehr! Und auch diesen Tag überstehe ich. Sogar recht gut, muss ich gestehen.

„Wir brauchen mehr von ihrer Sorte", hat einer der Seniorchefs zu mir gesagt. Danach haben mich für den Rest meines Arbeitstages böse Blicke erreicht, aber diese haben mich heute kalt gelassen. Auch Herr Jansen hat mich danach gemieden.

„Ich denke, wir fahren", meine ich und gucke Laura erwartungsvoll an.

„Was?" Laura stutzt.

Ich bin auf dem Rückweg nach Hause noch so

voller Elan, dass ich kaum zu bremsen bin.

„Wir werden zu Martas Geburtstag fahren! Ich will endlich wissen, was los ist und was es mit John und diesen Träumen auf sich hat." Ich strotze nur so vor lauter Energie.

Nun ist es ausgesprochen und es gibt kein Zurück mehr. Laura wird mich aus dieser Nummer eh nicht wieder rauslassen und mich zur Not mit sanfter Gewalt zu diesem Treffen bringen. Mir wird etwas mulmig in der Magengegend, aber es ist ausgesprochen und mir fällt ein Stein vom Herzen, endlich einen Entschluss gefasst zu haben. Nun geht es daran, die Pension für Laura und mich rauszusuchen und zu buchen, Andrea Bescheid zu geben, dass ich und auch Laura kommen. Aber das Allerschwerste wird noch, Greg zu erklären, dass ich mit Laura für ein langes Wochenende in die alte Heimat fahre – und zwar zu Marta, der Freundin, die er nach ihrer Ehrlichkeit und der Drohung ihm gegenüber nicht mehr ausstehen kann.

Mir fällt der Satz, *Ich werde da sein, um dir den Todesstoß zu geben*, wieder ein, der mich noch monatelang verfolgt hat. Immer und immer wieder hat Greg sich so darüber aufgeregt, dass er sich dermaßen in Rage geredet hat, sodass ich ihn kaum habe beruhigen können. Auch sie hat ihn nicht wirklich leiden können und damit nie hinterm Berg gehalten. Aber viele Jahre sind seitdem vergangen und wir sind alle älter und reifer geworden. Martas neuen Freund, mit dem sie nun inzwischen auch schon ein paar Jahre zusammen ist, habe ich noch nie gesehen. Nur durch Fotos und E-Mails habe ich davon erfahren. Klaus sieht nett aus und ist Maurer. Mehr kann ich nicht sagen. Eigentlich traurig, dass ich nicht mehr von ihm und den beiden weiß. Wir sind unzertrennlich gewesen, haben über alles geredet und jeden Tag zusammen rumgehangen. Mir entfährt ein Seufzer.

„Marta, manchmal vermisse ich dich ganz fürchterlich."

Nachmittags suche ich via Computer nach der Pension, die in der Nähe von Martas Wohnort liegt. Sie wohnt immer noch in ihrer Wohnung im ersten Stock, in einem kleinen Dorf, unweit der dänischen Grenze. Ich werde schnell fündig und buche gleich ein Doppelzimmer für Laura und mich. Nun muss ich dringend mit Greg und den Kindern reden.

Der Tag läuft ansonsten ab wie immer. Karla macht Hausaufgaben und lernt in ihrem Zimmer. Kai fahre ich zum Geigenunterricht und hole ihn wieder ab. Zwischendurch einkaufen und Haushalt machen. Vor dem Abendessen schwinge ich mich noch schnell in meine Joggingsachen, packe die Ohrstöpsel rein und gehe laufen. Inzwischen habe ich schon deutlich mehr Kondition und auch meine Figur hat sich verbessert. Zwar sitzt immer noch nicht alles so straff, wie ich es gerne haben möchte, aber ich bin ja auch keine zwanzig mehr. Nur meine Haare machen einfach, was sie wollen, egal wie gut ich versuche, sie zu bändigen. Als ich nach fünf Kilometern erschöpft zu Hause ankomme, ist Greg schon da.

„Du joggst?" Er guckt mich verdattert an, als ich schnaufend in der Tür stehe.

„Ich … versuche … es", antworte ich schnaufend und ächzend wie ein Dampfkessel.

Dieses Mal habe ich es wohl etwas übertrieben. Ich war so beflügelt, dass ich gemeint habe, ich müsse die ganze Zeit joggen, ohne zwischendurch auch mal zu gehen. Keine gute Idee, wie ich jetzt feststelle.

„Ich gehe duschen, danach können wir essen. Deckt ihr bitte schon einmal den Tisch", schnaufe ich noch immer.

„Wir?"

Greg schaut mir verdutzt hinterher. Ich beachte

seine Frage nicht und gehe duschen. Es tut gut, das warme Wasser über meinen gequälten Körper laufen zu lassen. Lieber würde ich hier noch Stunden stehen und mich unter der Dusche verstecken, als das hinter mich zu bringen, was mir noch bevorsteht. Ich schlucke einen schweren Kloß runter. Eigentlich ist es ja nichts Schlimmes. Ich fahre doch nur zu einer guten Freundin, beziehungsweise sogar zu meiner besten Freundin, zum Geburtstag. Schließlich ist es ein runder Geburtstag. Da kann doch auch Greg nichts dagegen haben, oder? Es fehlen zwar noch ein paar Dinge am Essenstisch, aber Greg, Karla und Kai haben versucht, den Tisch zu decken.

„Das solltet ihr öfters machen", scherze ich, aber Greg findet es wohl weniger lustig.

„Du spinnst wohl! Nur weil du meinst, du musst kurz vor dem Abendbrot rennen gehen in deinem Alter, decke ich doch nicht dauernd den Tisch!", ranzt er mich an.

In meinem Alter? Ja wie alt bin ich denn? Siebzig?

„Ein bisschen helfen schadet euch nicht", kontere ich getroffen.

„Ich arbeite, da kann ich ja wohl erwarten, dass abends das Essen fertig ist, wenn ich Hunger habe!"

Mir bleibt ein Bissen im Hals stecken und ich huste lautstark.

„Wo hast du den Machospruch denn ausgegraben? Ich arbeite übrigens auch, steht zumindest so auf meiner Lohnabrechnung jeden Monat!", motze ich zurück. Langsam werde ich doch ungehalten.

„Ja, aber nur halbtags, das kann man ja wohl kaum vergleichen. Du kannst doch nachmittags rennen gehen, wenn das unbedingt sein muss", redet Greg sich in Rage.

„Klar, und bei der Gelegenheit jogge ich gleich zum Einkaufen oder Kai und Karla können gleich mitlaufen, dann spare ich das hin und her fahren zum Sport und Musikunterricht!", schnaube ich verächtlich.

Hunger habe ich keinen mehr, der Appetit ist mir nach diesem Machogehabe vergangen. Tief Luft geholt setze ich noch einen drauf. Nun ist es auch egal, jetzt kann ich auch gleich mit der Sprache rausrücken. Das gemütliche Familienessen ist eh dahin.

„In vier Wochen fahre ich mit Laura zu Martas Geburtstag. Wir haben uns ein Zimmer in einer Pension gemietet für ein langes Wochenende."

Greg fällt seine Gabel aus der Hand und Kai

guckt mich verwirrt an, nur Karla lächelt. Sie findet auch als erste ihre Sprache wieder, während die beiden Herrschaften mich noch etwas konfus anschauen.

„Marta? Ist das deine Freundin aus Jugendzeiten, von der du mir erzählt hast, Mam?"

„Ja, genau die", knurrt Greg, bevor ich antworten kann. Karla ignoriert ihn.

„Oh toll, das wird bestimmt klasse. Ich würde sie auch so gerne mal kennenlernen. Vielleicht kommt sie uns zu deinem Vierzigsten ja auch besuchen." Karla scheint begeistert.

„Na klasse." Nun ist auch Greg der Appetit vergangen. „Und was sollen wir hier das ganze Wochenende ohne dich machen? Hast du mal daran gedacht?", meckert er mich an.

„Ich denke, ihr seid alle alt und groß genug, um mal ein paar Tage ohne mich auszukommen."

Mein Mut sinkt und es klingt eher nach einer Frage als nach einer Feststellung. Wutentbrannt steht Greg auf.

„Abräumen muss ich ja wohl nicht auch noch!", brüllt er beim Wegstampfen.

„Warum können wir nicht mit?" Kai guckt mich mit sehnsuchtsvollen Augen an.

„Ich fahre schon Freitagmorgen und bleibe eventuell auch noch ein paar Tage länger. Ihr habt noch Schule. Schafft ihr das?"

Mein schlechtes Gewissen plagt mich doch mehr, als ich erwartet habe. Sorgenvoll streichle ich Kai über den Kopf.

„Mam, wir schaffen das. Auch Paps wird sich wieder beruhigen. Du kannst ruhig fahren. Wir sind doch alt genug", versucht Karla mir Mut zu machen.

„Hmmm", murmle ich.

So ganz sicher bin ich mir leider nicht mehr. Aber habe ich nicht auch das Recht, mal ein paar Tage alleine wegzufahren? Der Rest des Abends verläuft still. Greg spricht nicht mit mir, was aber keinen großen Unterschied zu den anderen Tagen macht. Er schaut fern und ich mache Wäsche und lese danach meinen Roman weiter. Wie jeden Abend gehe ich deutlich vor ihm ins Bett, ich bin kaputt vom Tag. Er hingegen muss noch alle Fußballspiele analysieren. Dass er mir keine gute Nacht wünscht, ist schon auffällig. Ich glaube, er ist sehr gekränkt. Mit gesenktem Kopf wandere ich ins Schlafzimmer.

KAPITEL 10

***

„Die Wolke sieht aus wie ein Drache. Und die da vorne wie ein Herz", stelle ich entzückt fest. Mit dem Rücken im Gras liegend gucken wir in den Himmel. Dieser ist wolkig und man kann gut ihre Formen erkennen.

„Ich habe nur Augen für dich, mein Herz", raunt John mir zu.

Die Wolken aus den Augen lassend sehe ich ihn an. Mit glasigen Augen schaut er mich an und ich verliere mich sofort in ihnen. Auf meinen Wangen breitet sich eine leichte Röte aus, wie immer, wenn er mir ein Kompliment macht oder mich nur ansieht. Seine Worte haben mich schon immer mitten ins Herz getroffen. Ein Finger streicht über mein Haar, spielt mit der widerspenstigen Locke, die sich mal wieder aus meinem Zopf gelöst hat. Die Gänsehaut, die mich überkommt, lässt mich aufstöhnen und ich schließe meine Augen, genieße jede seiner zarten Berührungen. Ich spüre seinen Atem auf meiner Haut. Ganz dicht vor meinem Gesicht, vor meinen Lippen, die sich danach sehnen, von ihm liebkost zu werden. Einen zarten Kuss haucht er auf meine Nase, auf meine Wange, auf mein Schlüsselbein, an mein Ohr und wieder auf meinen Mund.

„Du machst mich fertig", raune ich ihm zu.

Es entlockt ihm ein kehliges Lachen und er setzt seine Route unbeeindruckt fort. Überall bekomme ich Gänsehaut und winde mich unter seinen zarten Küssen, welche sich anfühlen wie kleine Schmetterlingsflügel, die über meine Haut streichen. Mit einem Ruck drehe ich mich auf ihn und küsse ihn fordernd.

„Das ist Folter!", raune ich.

„Ich weiß doch, dass es dir gefällt", nuschelt er unter meinen Lippen hervor und erwidert meinen Kuss. Dieses Mal nicht so zart, sondern genauso fordernd wie meiner zuvor. Wir zerschmelzen zu einer Einheit, wie damals, damals, als er noch ganz und gar mir gehört hat.

***

Oh Gott, was für ein Traum. Ich muss aufhören, solche Dinge von John zu träumen. Was ist, wenn ich mal im Schlaf seinen Namen sage und Greg das mitbekommt? Dann hängt der Haussegen noch schiefer, als es im Moment eh schon der Fall ist. Wobei, geht das überhaupt?

Greg schmollt seit dem Abend, an dem ich offenbart habe, dass ich zu Marta reise. Er redet noch spärlicher mit mir als eh schon und Kai macht es ihm nach. Kai hält nur nicht lange durch, viel zu gern redet und erzählt er mir von der Schule und seinen Freunden. Ich verzeihe ihm seinen kleinen Anflug von Aufsässigkeit. Ich war schließlich noch nie eine Nacht weg, das muss er erst mal verarbeiten. Karla hingegen scheint sich wirklich für mich zu freuen. Sie strahlt mich regelrecht an, jeden Morgen, und drückt und knuddelt mich. So viel Herzlichkeit bin ich gar nicht mehr von ihr gewohnt. Aber auch ich bin ihr gegenüber aufgeschlossener geworden, muss ich zugeben. Ich mache wieder mehr Späße mit den Kindern und bin irgendwie lockerer. Duster schläft des Öfteren mal bei uns, was mich gar nicht stört. Ich denke, das liegt an der Offenheit, die Karla mir entgegenbringt. Eines Tages ist sie zu mir gekommen und hat mir erzählt, sie wolle zum Frauenarzt, um die Pille zu bekommen. Im ersten Moment bin ich geschockt gewesen. Meine Kleine will zum Frauenarzt, will die Pille, oh mein Gott! Ich habe gedacht, ich müsse auf der Stelle tot umfallen. Daraufhin haben wir beide ein langes Mutter Tochter Gespräch geführt. Es tut gut, dass sie so offen mit dem Thema Sex umgeht und mich einbezieht. Sie ist vernünftig, denke ich. Damit hat sie mir einen Punkt voraus.

Laura ist sehr erbost, als sie von Gregs Eskapaden hört. „Spinnt der? Dieser Macho! Wo leben wir denn? Im 16. Jahrhundert?"

Sie flucht sich förmlich in Rage. So kenne ich Laura, ihr Temperament ist nicht zu bremsen.

„Pst, nicht so laut, die anderen haben schon Ohren wie Rhabarberblätter", versuche ich, sie zu bändigen.

„Mir doch egal, sollen doch alle wissen, was du für einen Ar… "

„LAURA!", unterbreche ich sie forsch. „Greg ist immer noch mein Mann und vielleicht hat er ja sogar recht", setze ich leise hinzu.

„Hat er nicht! Es ist dein gutes Recht, deine alte Freundin zu besuchen. Er hat doch nur Angst, dass du John triffst oder Marta dich umdreht."

Ich lache los. „Mich umdreht?"

„Naja, dass sie ihre Drohung von damals wahrmacht", erklärt sie.

„Hmmm", stimme ich nur leise zu.

Ich denke, sie hat recht. Die Tage und Wochen vergehen wie im Flug. Jeden Tag das gleiche Prozedere, Arbeit, Hausarbeit, Kinder wegfahren, wieder abholen und einkaufen. Ich freue mich schon sehr auf ein paar freie Tage. Nun ist Donnerstag und ich packe meine Sachen für das lange Wochenende mit Laura. Greg redet immer noch nicht viel mit mir. Nur das Allernötigste, bloß Kai hat sich beruhigt und freut sich sogar darauf. Er geht die Tage zu seinem besten Kumpel und dessen Familie. Petra, die Mutter von Kais bestem Freund, hat es mir angeboten. Die beiden hängen sowieso dauernd zusammen und spielen auch Geige zusammen. Karla kann sich selbst versorgen und Greg wird es auch schaffen, in diesen wenigen Tagen weder zu verhungern noch zu verdursten, denke ich. Etwas unbeholfen stehe ich vor meinem Schrank, ziehe Sachen raus und packe sie wieder rein, ziehe sie erneut raus und packe sie wieder rein. Was soll ich mitnehmen? Was ist angemessen?

Ich habe gar nichts Hübsches zum Anziehen, stelle ich erschrocken fest. Entnervt breite ich ein paar meiner besseren Klamotten auf dem Bett aus. Es sind meine Freunde. Ich kann anziehen, was ich möchte. Es wird sie nicht stören. Marta hat sich noch nie dafür interessiert, was andere anhaben. Sie nimmt jeden so, wie er ist, egal ob dieser im Kartoffelsack oder Anzug daherkommt. Die Sachen stopfe ich in einen kleinen Koffer und verharre bei der Unterwäsche. Ein paar

Unterhosen schnappe ich mir und mein Blick bleibt auf der schwarzen Spitzenunterwäsche hängen, die mir Greg mal zum Hochzeitstag geschenkt hat. Gern denke ich an unsere glücklichen Zeiten zurück.

„Du wirst wunderbar da drin aussehen, ziehe sie gleich mal an!"

Etwas geschockt drehe ich das kleine, mit Spitzen übersäte Teil rum. „Das ist ja ein Hauch von nichts!", stelle ich fest. „Passe ich da überhaupt rein?" Demonstrativ halte ich den Mini-Slip vor meinen Schritt und danach an meinen Po. „Guck, das bedeckt ja so schon nichts, wie soll das denn aussehen, wenn ich mich da reinzwänge?"

„Nun mach schon", drängt Greg mich und wirft mir auch das schwarze Gegenstück, was sich BH nennen soll, entgegen. Auch diesen drehe ich hin und her und ziehe eine Augenbraue hoch.

„Da passt ja höchstens die halbe Brust rein", stelle ich erschrocken fest, gehe aber ins Bad, um mich umzuziehen.

Er meint es gut und will unser Liebesleben etwas aufpeppen, denke ich so bei mir, und zwänge meine Kurven in die schwarzen viel zu knappen Teile. An dem Abend lieben wir uns mal wieder lang und zärtlich. So schlimm kann es also nicht ausgesehen haben, zumal ich es eh nicht lange anhatte.

Seit dem liegen BH und Mini-Slip bei der restlichen Unterwäsche und werden von vorne nach hinten und von rechts nach links geschoben. Seufzend lege ich beides wieder zur Seite, werfe mich aufs Bett und fange an, bitterlich zu weinen. Was ist mit uns passiert? Was ist mit MIR passiert? Ich verstehe das alles nicht. Noch vor ein paar Monaten ist das alles kein Thema gewesen. Zugegeben, ich habe mir für meine Familie sprichwörtlich den Hintern aufgerissen und nicht im Entferntesten an mich gedacht. Beim Einkaufen suche ich zuerst die Wurst für die Kinder, dann für Greg. Meistens vergesse ich dann auch die Sachen, die ich für mich brauche. Des Öfteren komme ich nach dem Einkauf nach Hause und bemerke, dass ich mal wieder meine Tagescreme oder mein Shampoo vergessen habe. Dafür habe ich Kais Lieblingsjoghurt und Karlas heiß geliebte Frühstücksflocken mit eingepackt. Auch für Greg nehme ich immer mit, was er so gern mag. Nun fange ich langsam an, auch wieder an mich zu denken, und Greg wirft es mir vor.

Wie lange ich so da liege, weiß ich nicht.

Irgendwann versiegen die Tränen und ich kann wieder ruhiger atmen. Meine Bettdecke ist feucht vom Weinen. Ich wische mir die letzten Überbleibsel aus den Augen und hoffe, dass mich keiner in dem Zustand sieht. Aber natürlich höre ich im selben Moment schon Schritte im Zimmer. Wie sollte es auch anders sein. Karla steht in der Tür und guckt mich entsetzt an.

„Mam? Ist alles okay mit dir?"

„Ja klar." Ich schlucke und versuche, mein Schluchzen zu überspielen. Doch sie merkt sofort, was los ist, nimmt mich in den Arm und drückt mich fest an sich.

„Alles wird wieder gut. Er kann es dir doch nicht verbieten, zu deiner besten Freundin zu fahren. Es wird sich wieder einrenken."

Eigentlich sollte ich als Mutter meiner Tochter in Liebessachen zur Seite stehen und ihr beim Liebeskummer den Rücken stärken und nicht umgekehrt. Verkehrte Welt, irgendwie. Ich nicke nur stumm und genieße Karlas ruhige Art.

„Nun aber genug geheult, ich muss meine Sachen zu Ende packen." Ich knuffe sie und schicke sie aus dem Zimmer.

Das Abendbrot verläuft noch stiller als sonst. Nicht einmal Kai redet viel, er ist auffallend ruhig. Karla versucht zwar, die Stimmung immer mal wieder aufzuheitern, aber es gelingt ihr leider nicht sonderlich gut. Greg schmollt und ich habe keinen Hunger. Viel zu angespannt ist die Stimmung am Tisch. Als ich Kai ins Bett bringe, drückt er mich ganz stark und gibt mir einen Kuss auf die Wange.

„Du kommst doch wieder zu uns zurück, oder?" Ein paar Tränen sammeln sich in seinen Augen.

„Ich fahr doch nur meine Freundin besuchen. Wie kommst du denn auf so ein schmales Brett, dass ich wegbleiben würde?" Verwirrt wische ich seine Tränen von der Wange, die sich langsam den Weg darüber bahnen.

„Du warst noch nie über Nacht weg." Er nestelt unruhig an seiner Decke rum.

„Weil ihr noch zu klein wart. Nun seid ihr größer und schafft es auch mal ohne mich. Und du hast bestimmt ein paar schöne Tage bei deinem Kumpel."

Ich boxe ihn leicht an den Oberarm und hoffe, er hört meine Verunsicherung nicht. Zumindest hören die Tränen auf zu laufen. Karla lernt wieder in ihrem Zimmer und Greg sitzt vor dem Fernseher und schmollt weiterhin. Er spricht nicht mit mir, brummt nur, wenn ich eine Frage stelle, oder nickt. Ich versuche noch einmal, die

107

Situation zu entschärfen, aber das endet leider in einem handfesten Streit. Er wirft mir vor, ich sei egoistisch. Darauf verlasse ich wütend das Zimmer. Dazu fällt mir nichts mehr ein. Schlechtes Gewissen hin oder her, aber Egoismus werde ich mir nicht vorwerfen lassen. Schließlich ist vorgesorgt. Ich habe verschiedene Gerichte gekocht, diese ordentlich in Dosen verpackt, beschriftet und eingefroren. Zur Sicherheit sind aber auch genügend von Gregs und Karlas Lieblingspizzen im Gefrierfach.

Seufzend ziehe ich mich ins Bett zurück. Zum Träumen bin ich heute zu durcheinander, ich falle in einen sehr unruhigen Schlaf. Immer wieder schrecke ich hoch. Wie oft ich diese Nacht wach werde, kann ich gar nicht zählen. Ich blicke zum gefühlt hundertsten Mal zum Wecker. Es ist drei Uhr nachts und Gregs Seite ist unberührt. Schuldbewusst drehe ich mich um, damit ich die leere Seite nicht sehe. Wieso macht er so ein Theater wegen ein paar Tagen? Er weiß nicht einmal von meinen Träumen. Oder habe ich doch mal im Schlaf geredet? Oh Gott, das wäre mir aber sehr peinlich und unangenehm. Aber er hat nie was gesagt. Ich glaube nicht, dass er das so auf sich sitzen lassen würde. Er würde bestimmt einen großen Aufstand machen. So wie Greg sich zurzeit verhält, so kenne ich ihn nicht. Er ist zwar nie der perfekte Ehemann oder Vater gewesen, aber eifersüchtig auch nicht.

3:30: Man die Nacht vergeht aber auch gar nicht.

4:03: Immer noch nicht weiter, ich versuche, den Wecker zu hypnotisieren.

4:17: Wecker, los, zack, zack.

4:25: Ob ich den Wecker bestechen kann? Nun lauf mal schneller verdammt

5:15: Och nö, immer noch nicht weiter, nun aber mal hurtig Wecker …

5:45: Es reicht, ich stehe auf.

An Schlaf ist eh nicht mehr zu denken. Gerädert gehe ich Richtung Dusche. Im Badezimmer komme ich am Spiegel vorbei, aus dem mich eine Frau anguckt, die große Augenringe hat, ihre Haare stehen wild in alle Richtungen, Falten zeichnen sich ab und generell sieht sie sehr zerknautscht aus. Autsch, das bin ja ich.

Hoffentlich hilft die Dusche, so kann ich keinem unter die Augen treten. Ich versuche, die Haare wenigstens etwas zu bändigen. Keine Chance, sie lassen sich nicht richtig in Form bringen, sind genauso widerspenstig wie immer. Etwas Faltencreme ins Gesicht, vielleicht hält diese ja mal, was die Werbung verspricht. Okay, Wunder kann sie bestimmt nicht bewirken, aber etwas weniger kaputt aussehen, wäre wünschenswert. Resigniert gehe ich in die Küche, setze Kaffee auf und decke den Frühstückstisch. Hoffentlich verläuft das Frühstück nicht ganz so angespannt wie das Abendbrot. Ich sehne mich tatsächlich mal nach Einsamkeit und freue mich auf meinen Ausflug, auch wenn ich etwas wehmütig und ängstlich bin. Hoffentlich beruhigt sich Greg wieder. Ich mag nicht im Streit wegfahren, aber klein beigeben möchte ich nicht schon wieder.

Nun wird es Zeit, ich muss Greg sowie die Kinder wecken. Karla ist schon wach und auch Kai kommt sofort aus seinem Bett gesprungen. Nur Greg murrt, als ich das Licht anschalte und rufe: „Aufstehen!"

„Du willst also wirklich fahren und uns hier alleine lassen?", ertönt Gregs Stimme, als ich gerade aus der Stube gehen will, denn dort hat er die letzte Nacht geschlafen. Etwas entnervt drehe ich mich um.

„Ja, das werde ich. Ich werde meine Freundin zu ihrem Geburtstag besuchen, die ich schon seit Jahren nicht mehr gesehen habe. Und ich werde auch ein paar Nächte dort schlafen. Ob es dir passt oder nicht!", werfe ich wütend zurück. „Nur weil du eine Nacht auf dem Sofa schläfst, wird mich das bestimmt nicht umstimmen", füge ich noch fix hinzu.

„Du weißt, dass ich sie nicht leiden kann." Greg scheint auch noch müde zu sein.

„Deshalb kann ich mich doch mit ihr treffen? Ich mag auch nicht all deine Fußballfreunde. Dieser komische Thorsten zum Beispiel, der immer so frauenfeindliche Witze reißt, auch wenn man danebensteht, den mag ich auch nicht. Und? Du spielst trotzdem mit ihm Fußball und er sitzt öfters hier zum Fernsehen. Da mache ich auch keinen Aufstand oder schmolle wie ein Kindergartenkind!" Erwartungsvoll schaue ich Greg an.

„Was hast du gegen Thorsten? Der ist doch lustig", entgegnet er.

„Das meine ich, Greg. Unser Humor geht in zwei verschiedene Richtungen und ich muss nicht jeden deiner Freunde mögen! Ich will sie ja nicht heiraten. Aber ich akzeptiere, dass es DEINE

Freude sind und ich möchte, dass du endlich akzeptierst, dass Marta eine alte Freundin von mir ist, zu der ich wieder Kontakt haben möchte." Warum versteht er mich nicht?

Den zweiten Grund, nämlich, dass ich seit Wochen von John träume und wissen will, was es damit auf sich hat, erzähle ich lieber nicht. Man muss ja keine Weltuntergangsstimmung heraufbeschwören! Die Stimmung, welche gerade herrscht, reicht mir schon.

Kai drückt und knuddelt mich ausgiebig und ist deutlich besser drauf als den Abend zuvor. Karla wünscht mir ebenfalls viel Spaß, nur Greg sagt nichts dergleichen. Er schmollt weiterhin, trinkt seinen Kaffee und liest Zeitung. Ich nehme meinen kleinen Koffer, den ich mir von Karla geliehen habe und gehe zum Auto, um Laura von zu Hause abzuholen. Sie wartet schon ganz aufgeregt auf mich, als ich bei ihr vorfahre und redet ohne Punkt und Komma. Mir ist nicht so nach einem Gespräch zumute. Der Streit mit Greg liegt mir auf der Seele.

„Nun guck nicht so wie sieben Tage Regenwetter, der kriegt sich schon wieder ein." Laura hat super Laune.

„Hmmm." Ich bin mir da nicht so sicher.

„Anna! Grüble nicht so viel. Er kann dir doch

nicht wirklich noch böse sein, weil du zu Marta fährst, wo leben wir denn?"

„Hmmm." Ich bin etwas wortkarg heute.

„Na, das kann ja eine tolle Fahrt werden, wenn du so gesprächig bist." Laura ist genervt.

„Hmmm." Mehr fällt mir einfach nicht ein.

Meine Angst und Aufregung, beides wächst mit jedem gefahrenen Kilometer. An einer Raststätte, nahe unserer Autobahnabfahrt, machen wir eine Pause. Laura will dringend was essen und ich muss mal auf die Toilette. An etwas essen ist bei mir nicht zu denken. In meinem Magen liegt seit dem Morgen ein Stein, ein riesengroßer Stein. Laura hingegen freut sich über eine große Portion Schnitzel mit Pommes.

„Möchtest du auch einen Bissen? Schmeckt hervorragend." Sie hält mir ihre Gabel mit einem Stück Schnitzel hin.

„Ne lass mal, ich bleibe bei Kaffee", nuschle ich und betrachte ihren gesunden Appetit. Wie sie bei den Essensmengen so eine Figur behalten kann, ist mir schleierhaft.

„Du soll … ‚rülps' … Entschuldigung, du solltest auch was essen."

Nun muss ich doch grinsen und ergebe mich. „Lass mich mal probieren."

Tatsächlich, das Schnitzel schmeckt wirklich

toll. Ganz untypisch für eine Autobahnraststätte. Wir teilen uns einen Teller und ich komme langsam auf andere Gedanken. Der Rest der Strecke verläuft fröhlicher und wir trällern sogar lautstark alte Lieder mit, die im Radio laufen.

Völlig erschöpft kommen wir nach fünf Stunden Autofahrt in der Pension an. Sie ist immer noch so gemütlich wie früher. Ein kleiner weißer Zaun teilt den Garten ab, wo ein Apfelbaum steht. Unter dem Baum stehen eine Hollywoodschaukel und ein Tisch, der mit Blumen und einer Tischdecke fein dekoriert ist. Frau Schulz, der die Pension gehört, begrüßt uns freundlich, und zeigt uns unser Zimmer. Wir haben ein schickes, mit hellem Holz eingerichtetes Doppelzimmer und ein großes Bad anbei. Es gibt sogar eine Badewanne, was Laura mit Entzücken bemerkt.

„Ooooh, da werde ich doch gleich ein ausgiebiges Bad mit ganz viel Schaum nehmen!" Sie klatscht freudig in die Hände und schnüffelt an dem kleinen Behälter, welcher auf dem Badewannenrand steht. „Es duftet nach Mandelöl. Mein Lieblingsduft", schwärmt sie.

Frau Schulz muss schmunzeln. „Frühstücksbuffet ist von acht bis halb elf. Wenn ihr später frühstücken möchtet, müsst ihr mir heute Abend Bescheid geben."

„Danke, Frau Schulz. Ich denke, das schaffen wir." Laura guckt mich entsetzt an, so dass ich laut lachen muss. „Ja, Laura, auch du wirst da schon wach sein. Ich werde dich kaum bis zum Mittag schlafen lassen. Sonst haben wir ja gar nichts vom Tag!", merke ich an.

„Wenn du meinst. Ich nehme ein Bad. Störe mich nicht in den nächsten, nun sagen wir mal, zwei Stunden."

Und schon ist sie im Bad verschwunden, macht das Radio an, singt etwas laut und viel zu schräg mit. Hoffentlich haben wir keine Nachbarn, die das mit anhören müssen. Als Sängerin wäre sie schon arm wie eine Kirchenmaus. Ich schmeiße mich erst mal quer aufs Bett und denke nach. Ein Blick auf mein Handy verrät mir, dass Greg sich nicht gemeldet hat. Warum sollte er auch? Er ist stinkwütend und das hat er mir auch überdeutlich gezeigt. Kai hat mir eine kurze Nachricht geschickt. Er wünscht mir viel Spaß und verspricht, sich bei seinem Freund und dessen Familie zu benehmen. Gott sei Dank.

„Pack endlich das Handy weg und genieße deinen Urlaub. Die drei kommen auch mal ohne dich klar." Laura steht mit einem um ihren perfekten Körper gewickelten Handtuch an den

Türrahmen gelehnt und schaut mich an.

„Du hast ja recht, aber es ist ungewohnt. Ich war noch nie über Nacht weg", versuche ich mich zu verteidigen.

Ich denke nach. Einzig als Kai geboren wurde, habe ich ein paar Nächte ohne Karla verbracht. Nach drei Tagen bin ich mit meinem kleinen Jungen aus dem Krankenhaus entlassen worden. Es hat ein heilloses Durcheinander und ein gewaltiges Chaos im Haus geherrscht. Mich gruselt es heute noch. Karla ist noch zu klein gewesen, um sich daran zu erinnern, wie überfordert Greg mit dem quirligen Kleinkind gewesen ist. Sie hat kein Stück auf ihren Vater gehört, viel zu wenig hat er sich davor um sie gekümmert. Er hat einfach nicht gewusst, wie man mit Kindern in dem Alter umgeht. Also habe ich ihn mit Kai im Kinderwagen etwas spazieren geschickt, um das Haus aufzuräumen. Dabei bin ich selber total kaputt von den Strapazen der Geburt und den langen Nächten danach gewesen. Kai ist zwei bis drei Mal in der Nacht wach geworden und ich habe ihn stillen müssen. Damals habe ich gut ein paar Stunden Schlaf gebrauchen können, aber so wie es zu Hause ausgesehen hat, ist das nicht möglich gewesen. Die Wäsche hat sich zu einem Berg aufgetürmt,

Pizzaschachteln haben überall in Küche und Wohnzimmer herumgestanden und das Geschirr hat dreckig und angetrocknet in der Spüle gelegen.

An diesem Tag habe ich Karla ganz fest in die Arme genommen und zum ersten Mal gedacht, ich hätte meinen Kindern einen besseren Vater aussuchen müssen. Karla hat mich gedrückt, dicke Tränen geweint und ist mir wochenlang nicht mehr von der Seite gewichen. Selbst in der Nacht ist sie zu mir gekommen und hat bei mir geschlafen. Greg ist auf das Sofa ausgewichen, er hat schlafen wollen und nicht dauernd von den Kindern geweckt werden. Er müsse ja am nächsten Tag arbeiten, hat er des Öfteren rumgemault. Also haben Karla und auch Kai bei mir geschlafen. So habe ich den kleinen Kerl nur zu mir ziehen müssen, wenn er durstig geworden ist, und Karla hat davon nicht einmal was mitbekommen. Sie hat selig weitergeschlafen. Erst Wochen später ist sie sicher gewesen, dass ich nicht wieder einfach verschwinde und sie hat wieder in ihrem Bett schlafen können.

„Anna? Was ist los? Woran denkst du?"

Laura holt mich aus meinen Gedanken und wischt mir eine Träne von der Wange. Ich habe gar nicht bemerkt, dass ich angefangen habe zu weinen.

„Ach, an nichts." Im Ausreden finden war ich allerdings noch nie gut.

„Ja klar, und ich bin der Osterhase", meinte sie.

Laura hat genau meinen Humor, schon von Anfang an haben wir uns verstanden. Nur mit Greg hat auch sie nie richtig warm werden können, genau wie Marta. Irgendwie haben alle meine Freundinnen was gegen meinen Ehemann. Haben sie recht oder tun sie ihm unrecht?

„Nun sag schon. Wir wollen doch ein paar schöne Tage hier haben und nicht den ganzen Tag lang grübeln." Laura guckt mich erwartungsvoll an.

„Ich habe an zu Hause gedacht und ob es richtig war, zu fahren. Eigentlich habe ich ja quasi gelogen." Betreten gucke ich zu Boden.

„Aber du willst doch auch Marta wiedersehen, oder?" Laura schaut mich durchdringend an.

„Hmmm, ja." Recht hat sie ja.

„Na siehst du, dann ist es nicht ganz gelogen, nur ein kleines bisschen geflunkert. Du hast Greg ja schlecht die volle Wahrheit sagen können. Der wäre ja durchgedreht. So wie der sich sowieso schon benommen hat!" Laura redet sich schon wieder in Rage.

„Ich habe trotzdem ein schlechtes Gewissen.

Nicht nur Greg gegenüber, sondern auch den Kindern. Ich bin noch nie länger weg gewesen als zum Einkaufen oder zur Arbeit", verteidige ich mich.

„Und genau da liegt dein Fehler, du bist nur für die Familie dagewesen. Hast dich zerrissen, um alle glücklich zu machen, nur eine hast du vergessen." Laura seufzt und nimmt mich in den Arm. „Dich!"

Meine Tränen fangen schon wieder an zu laufen. Ob die auch irgendwann mal aufgebraucht sind? So viel wie im Moment habe ich schon lange nicht mehr geweint. Nach Kais Geburt habe ich auch viele, viele Tränen vergossen. Aus Erschöpfung, Trauer und Überforderung. Auch Greg bringt mich öfter mal zum Weinen. Aber so viele Tränen? Laura hält mich fest. Es tut so gut, nur so im Arm gehalten zu werden. Wie lange hat Greg mich schon nicht mehr im Arm gehalten? Einfach nur halten, ohne Hintergedanken auf Sex. Greg ist kein Verführer oder Romantiker. Wenn er ankommt und mich umarmt, weiß ich schon, was er will. Ansonsten kuschelt er nicht. Dafür tun es die Kinder umso mehr. Selbst Karla ist lange angekommen, hat meine Nähe gesucht und sich kuscheln und drücken lassen, inzwischen weniger. Dafür hat sie ja nun Duster.

119

Wobei sie wieder zugänglicher geworden ist, seitdem sie ihn hat. Dafür bin ich ihm unheimlich dankbar. Ihre Hormone sind scheinbar wieder im Einklang. Leise lache ich auf bei diesem Gedanken. Meine *Kleine* wird erwachsen.

„Na, die Wolken verziehen sich und die Sonne taucht auf, sehr gut. Dann gehe ich endlich baden, bevor mein Wasser kalt wird. Ich habe nur meinen Liebesroman vergessen. Muss mich mal in romantische Gefilde begeben", flötet Laura, gibt mir einen Kuss auf die Stirn und schnappt sich ihren Roman.

Ich dagegen lege mich wieder lang aufs Bett, vielleicht kann ich ja noch etwas dösen, während Laura die Wanne genießt. So wie ich sie kenne, dauert das eh eine ganze Weile.

KAPITEL 11

„Anna. Aufwachen." Laura schmunzelt.

Och nee, ich will nicht. Lass mich schlafen. Bloß nicht aufwachen. Ne, ne, denke ich.

„Anna! Los nun. Ich bin schon fertig und habe Hunger. Du hast nun lange genug geschlafen. Das Bett muss ja sehr bequem sein." Sie blickt mich an.

„WAS? Wo bin ich?" Entgeistert schaue ich mich um. Laura steht geschniegelt und gestriegelt vor mir. Die Hände vorwurfsvoll in die Hüften gestemmt.

„Schlafmütze, wie lange hast du schon nicht mehr richtig geschlafen? Wer raubt dir den Schlaf, Greg oder John?" Ein Lachen entfährt ihr.

„Nicht witzig!", knurre ich sie an und es dämmert mir wieder, wo und warum wir hier sind.

Einmal ganz lang gestreckt und schon springe ich auf. Ich habe tatsächlich mal sehr traumlos und fest geschlafen. So fest wie schon lange nicht mehr. Das schnelle Aufspringen ist nicht so gut. Mein Kreislauf ist im Keller und mir wird schwarz vor Augen.

„Oh, das war zu schnell. Ich brauche was zu essen!" Ich halte mich erst einmal am Bettpfosten fest, bis das Schwindelgefühl wieder abnimmt. „Besser." So langsam kann ich wieder klarsehen. Ein Blick in den Spiegel verrät mir, dass ich noch genauso chaotisch aussehe wie bei meiner Ankunft. „Gib mir zwei Minuten, um die in den Griff zu bekommen."

Mit den Händen durchwuschle ich meine dunklen Locken, die mal wieder ein Eigenleben auf meinem Kopf führen. Laura grinst nur. Sie mag meine Haare und meckert mich immer aus, dass ich sie abschneiden will.

„Ich gebe auf, die machen ja eh was sie wollen." Genervt nehme ich mein Haarband und binde mir einen Zopf. „Das wird heute eh nichts. Irgendwann schneide ich euch ab. Das habt ihr nun davon, ihr bösen Haare!"

Ich strecke meinem Spiegelbild die Zunge heraus, worauf Laura herzlich anfängt zu lachen.

„Du hast eine Vollmeise, aber genau das liebe ich an dir! Und nun los, mein Magen knurrt schon. Ich könnte ein halbes Schwein verdrücken", meint Laura und klopft sich auf den nicht vorhandenen Bauch.

Wir fahren in ein nettes Restaurant, direkt ans Meer. Der Kellner ist wirklich sehr zuvorkommend. Ich glaube, er hat ein Auge auf Laura geworfen, denn wir bekommen sogar einen

Tisch direkt am Fenster. Der Ausblick ist ein Traum. Eigentlich ist dieser Tisch reserviert, aber er nimmt das Schild schnell weg und packt es an einen anderen, welcher aber nicht am Fenster steht. Ich schmunzle. Laura ist einfach unwiderstehlich, wenn sie flirtet. Als das ältere Ehepaar auftaucht und entrüstet feststellt, dass „ihr" Stammtisch besetzt ist, lügt der junge Kellner, dass sich die Balken biegen.

„Die beiden jungen Damen haben schon vor ihnen reserviert, aber auch der andere Tisch ist sehr gemütlich. Ganz ruhig und ungestört. Sie bekommen auch einen kleinen Umtrunk nach dem Essen, zur Entschädigung. Und das nächste Mal ist ihr Tisch selbstverständlich wieder frei."

Er zwinkert der älteren Dame verschwörerisch zu, die daraufhin lächelt und ihren Mann am Arm zu dem anderen Tisch zieht.

„Ach Herbert, wir sitzen doch sonst immer am Wasser. Lassen wir den jungen Damen auch mal das Vergnügen."

Noch so ein Flirtgenie, woher können die das alle so gut? Ich bin in sowas eine totale Niete. Ein Blick in die Karte verrät, es gibt viel Auswahl an Fisch, was auch nicht anders zu erwarten ist bei einem Restaurant direkt am Meer. Wir bestellen uns eine Platte mit vier verschieden zubereiteten

Fischsorten für zwei Personen und einen kleinen Salat vorweg. Immer wieder lungert der Kellner bei uns rum und guckt nach dem Rechten.

„Meine Herren, bei dem hast du aber ordentlich Eindruck hinterlassen. Nun gib ihm schon deine Nummer. Du schaust ihm doch genauso hinterher wie er dir." Ich muss lächeln.

„Er ist schon süß", gibt Laura rot anlaufend zu.

Ist sie gerade rot angelaufen? Wann habe ich das das letzte Mal erlebt? Habe ich das überhaupt schon einmal erlebt? Kurz überlege ich. Ne. Laura ist immer ganz souverän und bis jetzt hat sie nichts aus der Fassung bringen können. Aber dieser Kellner, auf seinem Namensschild steht Francis – aha, also Franzose, daher das Flirttalent – hat es Laura wohl angetan. Nur schade, dass wir in ein paar Tagen wieder wegfahren.

Die Fischplatte ist ein Augenschmaus. Schön in Szene gesetzt mit Zitronenscheiben, Gurken und Petersilie. Das Essen schmeckt genauso gut, wie es aussieht. Einfach köstlich. Die Salzkartoffeln, welche dazu gereicht werden, lassen wir allerdings unangerührt stehen. Zu viel des Guten. Wir sind beide total satt, als Francis unsere Teller abräumt und mit hochgezogener Augenbraue die Kartoffeln anschaut.

„Ihr mögt keine Kartoffeln? Es hätte auch

Kroketten oder Pommes gegeben", meint er lächelnd zu Laura.

„Doch, aber wir wollten den Platz in unseren Mägen nicht mit Kartoffeln verschwenden, wenn der herrlich duftende Fisch schon genug davon benötigt", säuselt sie verführerisch.

Ich grinse. Laura live in Aktion. Nun läuft Francis rot an und lässt fast die Teller fallen, die er auf seinem linken Arm gestapelt hat. Als er nicht mehr in Sichtweite ist, muss ich lachen.

„Bring den armen Kerl nicht so durcheinander, er macht noch einen Polterabend vor unseren Füßen, wenn du so weitermachst."

„Aber er ist süß, wenn er so verlegen ist." Laura grinst mich an. Sie schreibt ihm ihren Namen und Telefonnummer auf die Rechnung und gibt sie ihm mit dem fälligen Betrag. „Bis bald", flötet sie ihm dabei zu und ein Lächeln breitet sich auf seinem Gesicht aus.

Wehmütig verlassen wir das Restaurant und schlendern noch etwas am Wasser entlang. Auf einem Stein bleiben wir stehen und schauen beide gebannt aufs Meer hinaus und lauschen. Die Wellen brechen sich rauschend am Strand, ein paar Möwen kreischen und streiten sich um eine liegengelassene Pommes-Verpackung.

„Ich wusste gar nicht, dass die Tiere so groß

sind und Pommes mögen!", staunt Laura. „Da bekommt man es ja mit der Angst zu tun."

„Es wird dunkel, wir sollten langsam gehen", bemerke ich, hake mich bei ihr ein und wir albern herum.

So unbeschwert habe ich mich seit einer Ewigkeit nicht mehr gefühlt. Ein kleines bisschen meldet sich mein Gewissen. Aber es verschwindet auch gleich wieder. Ich habe es wohl ruhiggestellt, denke ich, und genieße weiter das unverfängliche Geplänkel mit meiner Freundin. Laura ist total aufgekratzt, als wir in der Pension ankommen. Sie kennt nur noch ein Thema: Francis. Der kleine Franzose scheint es ihr wirklich angetan zu haben. So aufgeregt habe ich sie schon lange nicht mehr gesehen.

„Hoffentlich hat er nicht auch irgendein schräges Hobby, Puppen sammeln oder so. Die gucken genauso gruselig wie Katzen." Laura verzieht ihre Miene.

Ich schmunzle nur, denn viel bekomme ich nicht mehr mit. Mich übermannt schon wieder die Müdigkeit. Viel zu wenig habe ich die letzten Nächte geschlafen.

„Schlaf gut, wir haben Morgen einen aufregenden Tag vor uns", ist das Letzte, was ich höre, bevor ich in einen tiefen Schlaf falle.

***

„Anna, ich bin so froh, dass du gekommen bist."

Ich schnuppere und erkenne ihn sofort! Auch ohne ein Wort seinerseits, weiß ich, wer es ist.

„John!"

Ich nehme ihn fest in den Arm und versenke meinen Kopf in seiner Halsbeuge, um den Duft noch mehr genießen zu können. John drückt mich noch fester an sich, streichelt mit seiner Hand meinen Rücken und meine Haare.

„Ich habe dich so vermisst", flüstere ich und löse mich langsam aus seinem festen Griff.

Seine Augen scheinen, mich zu hypnotisieren. Ich kann nicht anders, ich verliere mich in seinem Blick. Seine Hand umfasst ganz sachte mein Kinn und führt es vorsichtig, aber bestimmt zu seinem Mund. Seine weichen Lippen sind auf meinen und mich durchströmt förmlich ein Stromstoß. Gierig nach Liebe und Geborgenheit schließe ich meine Hände um seinen Hals und dränge meinen Körper gegen seinen. Ich will es, will genau das hier! So sehnsüchtig habe ich es herbeigesehnt. Mein Gewissen sagt schon nichts mehr, es hat aufgegeben, zu meckern. Innig küssen wir uns, wälzen uns wie Teenager auf dem Boden und ziehen uns aus. Seine Finger auf meinem Rücken, meinem Hintern, an meinen Beinen, sie scheinen überall zu sein. Ich genieße die Küsse überall auf meinem Körper und stöhne laut auf, als wir zusammen den Gipfel der Lust erklimmen.

„Ich liebe dich und hätte dich niemals gehen lassen dürfen." Johns Stimme ist kehlig und er atmet immer noch schwer.

„Du konntest nichts dafür und ich will nicht drüber reden!"

Meine Stimmung ist dahin. Genau davor hatte ich all die Jahre Angst, dass die Sprache auf dieses Thema kommt. Ich muss los, schnell ziehe ich mich an und laufe los.

„Anna! Nein! Nicht! Lass mich nicht alleine! Nicht schon wieder!"

***

Völlig außer Atem liege ich neben Laura im Bett, die tief und fest schläft. Ich blicke mich um. Es wird draußen schon leicht hell. Laura hat von alledem scheinbar nichts mitbekommen. Leise stehe ich auf und schleiche mich ins Bad. Auch dieser Traum war wieder sehr real. Ich rieche noch sein Parfum und spüre noch das Beben in meinem Unterleib von unserem Liebesspiel.

„Ich bin verrückt, es kann nicht anders sein!" Verwirrt blicke ich in den Spiegel.

„Was ist los?", gähnt Laura mich an.

„Ich musste nur mal wohin und hatte Durst", lüge ich. Die Geschichte ist mir zu peinlich.

„Ich gehe dann mal wieder ins Bett. Es ist mir eindeutig noch zu früh." Laura kann gar nicht aufhören zu gähnen.

Nach ein paar Schlucken und ein paar Spritzern Wasser ins Gesicht, schmeiße auch ich mich wieder ins Bett.

„Wonach riechst du?" Laura springt im Bett auf und starrt mich an.

„Du hattest wieder einen Traum, einen DIESER Träume, gib es zu! Du riechst nach männlichem Parfüm, das übrigens sehr gut riecht, ganz nebenbei bemerkt." Nun bin ich diejenige, die rot anläuft. „Ha, habe ich es doch gewusst. Erzähl mal. Und lass ja nichts aus!"

Aufgeregt rutscht sie im Bett nach oben, packt das Kopfkissen in ihren Rücken und guckt mich erwartungsvoll an. Die Inquisition beginnt. Laura quetscht mich nach allen Regeln der Kunst aus. Ein paar schlüpfrige Details lasse ich aber doch lieber aus. Freundschaft hin oder her, man muss ja nicht gleich alles erzählen.

„Du hast ein aufregenderes Liebesleben als ich! Darauf brauche ich einen Kaffee", mault sie.

Ein Blick auf die Uhr verrät, es ist wirklich schon Zeit für das Frühstück. Wir haben Stunden gequatscht, die Träume analysiert und was sie wohl zu bedeuten haben. Selbst das Internet ziehen wir hinzu, stellen aber fest, das hilft uns nicht wirklich. Lachend klappen wir den Laptop wieder zu, den Laura nicht zu Hause gelassen hat, und stellen fest, wir müssen wohl unsere eigenen Schlüsse ziehen.

„Ich gehe duschen und dann wird erstmal ausgiebig gefrühstückt. Gibt es bei dem tollen Restaurant von gestern nicht auch Frühstücksbuffet?" Laura blickt mich aus großen Augen erwartungsvoll an.

„Aha, Nachtigall ich höre dir trapsen. Du willst wohl Francis wiedersehen." Ich habe sie durchschaut.

„Er war schon nett. Und ich will endlich auch mal wieder verliebt sein und einen ‚normalen' Typen haben. Nicht so Psychos wie die letzten Male. Mich gruselt es heute noch, wenn ich an Mr. Monroe denke." Laura schüttelt sich.

Ich lache laut auf. „Okay, okay, du hast recht. Der hatte wirklich alle Klischees bedient."

Frisch geduscht und gestylt, beziehungsweise,

was man bei mir gestylt nennen kann, fahren wir frühstücken. Frau Schulz geben wir kurz Bescheid. Sie hat schon gedeckt gehabt, aber verstanden, dass wir am Meer essen möchten.

Francis strahlt genauso wie Laura über das ganze Gesicht, als wir auftauchen und nach einem Tisch am Fenster fragen. Wir bekommen wieder den gleichen wie am Vorabend. Der Ausblick ist wunderbar und das Frühstück schmeckt gleich noch mal so gut. Es ist ein großes Buffet aufgebaut, mit allem, was das Herz begehrt. Rührei, gebratene Würstchen oder Speck kann man sich frisch zubereiten lassen. Brötchen in verschiedenen Varianten, Marmelade und Unmengen an verschiedenen Wurstsorten sind schick zur Schau gestellt. Aber auch Obst und Gemüse ist zu genüge aufgetischt. Bei manchem weiß ich nicht einmal, was das ist.

„Himmel, das kann doch kein Mensch essen. Das ist viel zu schön hergerichtet." Verlegen zupfe ich einen Käse-Trauben-Spieß aus einer der Igel-Dekorationen.

„Nun fehlt ihm ein Stachel, du Tierquäler", neckt mich Laura.

„Sieht nun wirklich etwas komisch aus, ob das nur Deko ist?"

Mit schief gelegtem Kopf betrachte ich den

nicht mehr heilen Igel.

„Quatsch, guck, ich nehme auch einen." Laura zupft einen aus der anderen Seite heraus.

Unsere Teller sind voll mit kleinen Leckereien und Francis schenkt immer wieder Kaffee nach. Des Öfteren erscheint er an unserem Tisch und fragt, ob wir noch etwas wünschen. Das Pärchen am Nachbartisch guckt schon rüber. Sie werden zwar exzellent von Francis bedient, aber nicht so zuvorkommend behandelt wie wir.

Die Frau schmunzelt und flüstert ihrem Mann zu: „So hast du mich vor unserer Hochzeit auch behandelt. Und nun muss ich um jede Aufmerksamkeit ringen!"

Dem Mann entlockt es nur ein Stöhnen und Augenrollen. Wie lange die beiden wohl schon verheiratet sind? Ich verliere mich in meinen Gedanken.

Greg ist nie der zuvorkommende Gentleman gewesen, auch vor unserer Hochzeit nicht. Er trägt mir nicht die Einkaufstüten oder Getränke ins Haus, außer ich frage, Aber meistens höre ich dann nur ein, *Moment noch, kannst du nicht warten?* oder *Ich muss erst noch das Spiel zu Ende gucken.* Also mache ich es doch meistens selbst. So viel Zeit, wie er zum Rumsitzen und Fußball gucken hat, habe ich leider nicht. Meine Tage sind straff durchstrukturiert, sonst bekomme ich nicht alles unter einen Hut.

„Anna? Hallo? Bist du noch im Hier und Jetzt oder träumst du mit offenen Augen?" Laura hat mich mal wieder erwischt. „Ich bin satt. Wollen wir noch etwas in der Stadt shoppen gehen? Du kannst gut mal wieder neue Klamotten gebrauchen!" Lauras Augen blitzen mich freudig an.

„Shoppen?" Ungläubig schaue ich sie an. „Ist das dein Ernst?"

Ein kurzes Nicken und sie flirtet Francis zum Bezahlen ran. Eine halbe Stunde später klappern wir auch schon die Geschäfte in einem nahegelegenen Einkaufzentrum ab.

„Ich hasse shoppen! In den Spiegeln sieht man so blass und dick aus", meckere ich.

Aber Laura ist erbarmungslos. Ein Teil nach dem nächsten schleppt sie an und ich muss alles anprobieren. Alles! Nach gefühlten 20 Oberteilen und mindestens genauso vielen Hosen, Röcken sowie Kleidern streike ich.

„Nun reicht es mir aber. Ich will nicht mehr. Mein Portemonnaie gibt sowieso nichts mehr her."

Laura zieht eine Schnute, gibt aber auf. Erschöpft kommen wir erst am späten

Nachmittag in der Pension an.

„Ich brauche noch etwas Schlaf." Gähnend werfe ich mich auf das Bett. Kurze Zeit später schlafe ich auch schon tief und fest.

KAPITEL 12

„So erholt bin ich schon lange nicht mehr gewesen."

Ich habe tatsächlich noch einmal fast drei Stunden geschlafen und nach einer Tasse Kaffee und einer Dusche fühle ich mich, als könne ich Bäume ausreißen. Laura will mich frisieren, aber ich lehne dankend ab.

„Lieber nicht, dann erkennen mich meine alten Freunde ja erst recht nicht wieder." Etwas mürrisch gibt sie nach, aber ich glaube, sie ist mit ihren Gedanken eh bei Francis. Nun beginnt die Suche nach den Klamotten. Viel habe ich ja nicht mit, aber ein paar brauchbare Sachen haben wir noch eingekauft. So entscheide ich mich für einen längeren schwarzen Rock und einem beigefarbenen Top, das einen leichten Ausschnitt hat. Es zeigt nicht zu viel, aber auch nicht zu wenig. Meine Haare trage ich zu einem Zopf. Da hat sich, wie immer eigentlich, eine lockige Strähne gelöst und hängt mir im Gesicht rum. Ich puste sie nach oben, aber sie hält eh nicht.

Laura dagegen sieht perfekt aus. Ihre blonden Haare wellen sich leicht und umschmeicheln ihr perfekt geschminktes Gesicht. Ich seufze, Laura sieht mindestens zehn Jahre jünger aus als ich.

„Können wir?" Laura sprüht sich noch etwas Parfum auf ihre Handgelenke und guckt mich erwartungsvoll an.

„Ich bin nervös, aber ja. Laura, danke, dass du mitkommst. Alleine hätte ich mich nicht getraut."

Lachend fallen wir uns in die Arme, bevor wir die Treppe runter zum Auto laufen.

„Ich fahre, heute darfst du mal trinken! Es sind ja deine alten Freunde. Dann bist du vielleicht etwas lockerer."

Sie zwinkert mir zu, bevor wir erneut lachend in unser Auto steigen. So unbeschwert habe ich mich schon lange nicht mehr gefühlt. Mein Magen kribbelt leicht, als wir immer näher an Martas Wohnung kommen. Sie wohnt immer noch in ihrer alten Dreizimmerwohnung. Früher bin ich dort regelmäßig ein und ausgegangen. Ich habe sogar einen Schlüssel besessen. Erinnerungen werden wach, als wir in die Straße einbiegen und vor dem Mehrfamilienhaus halten. Der Garten ist immer noch so schön wie früher. Herr Hansen, der Vermieter, ist ein Gärtner mit Leib und Seele. Ich habe ihn schon immer um seinen grünen Daumen beneidet. Der Garten erstrahlt in den schönsten Farben. Weiße Rosen, lila Glockenblumen und grüner Efeu gedeihen prächtig und geben ein wunderschönes Bild ab.

Auch Laura bestaunt den Anblick.

„Sowas habe ich noch nie gesehen! Ist das schön!" Sie nimmt eine Rose in die Hand und riecht vorsichtig daran.

„Finger weg von meinen Blumen! Kauft euch welche, wenn ihr … Anna?" Herr Hansen steht an der Tür und guckt mich aus großen Augen an. „Anna, mein Kind, dich habe ich ja lange nicht mehr gesehen."

Mein Kind, so hat er Marta und mich damals schon immer genannt. Seine Frau und er haben selber keine Kinder und es immer erfrischend gefunden, sich mit uns „jungen Hühnern" zu unterhalten.

„Was machst du, Kind? Wie geht es dir?" Er kommt näher und betrachtet uns.

„Danke, Herr Hansen, mir geht es sehr gut. Ich bin als Überraschungsgast eingeladen bei Martas Geburtstagsfeier", erkläre ich kurz.

„Dann will ich euch mal nicht aufhalten", entgegnet er und tritt zur Seite. Lauras erschrockene Miene hat sich inzwischen auch wieder gelockert.

„Herr Hansen kann ziemlich autoritär sein, wenn er brüllt. Aber er ist eine Seele von einem Mensch", erkläre ich.

„Autoritär, hm, ich würde es anders

ausdrücken."

Laura ist immer noch entsetzt. Langsam schreiten wir zur Tür und klingeln. Es stehen schon viele Autos vor der Tür und wir sind die letzten. Von drinnen hört man laute Stimmen.

„Ich gehe schon, es ist ja deine Party, bleib sitzen, Marta!", höre ich Sabrinas Stimme, die langsam näherkommt. Sie ist auch diejenige, die mir die Einladung geschickt und alles mit mir ausgetüftelt hat.

„Da seid ihr ja endlich, kommt rein und pssst, sie ahnt nichts", flüstert sie.

Kurz werde ich gedrückt, dann zieht sie mich auch schon hinter sich her. Laura folgt. Mein Herz schlägt bis zum Hals. Was wird Marta sagen, nach all den Jahren? Und John? Ein Kloß macht sich in meinem Hals breit. So viele Jahre sind vergangen. Ich höre Gelächter, die Stimmung scheint, ausgelassen zu sein. Sabrina zieht mich die Treppen hoch, den Flur entlang und weist mich an, da stehen zu bleiben, bevor es in die Wohnstube geht. Laura wird am Arm mit reingenommen, ich bleibe allerdings stehen.

„Liebe Marta, hier kommt dein letztes Geburtstagsgeschenk von uns", meldet Sabrina mich an.

Stille herrscht im Raum, dann lacht Marta:

„Eine Stripperin? Na, das ist ja mal was ganz anderes."

„HÄ?" Laura scheint empört.

„Nein, liebe Marta, keine Stripperin, sondern eine extra Lieferung von weit, weit her!"

Sabrina zieht die letzten Worte ganz lang. Das ist mein Stichwort, langsam trete ich ins Wohnzimmer, wo alle immer noch Laura betrachten, die mit rotem Kopf in der Mitte des Raumes steht.

„Also wirklich! Stripperin", flucht sie leise.

John sieht mich als Erster und verstummt. Marta sitzt mit dem Rücken zu mir, guckt Laura an und wartet darauf, dass was passiert, als sich nach und nach der Raum mit Stille füllt.

„Happy Birthday to you, happy Birthday to you …", fange ich mit kratziger Stimme an zu singen.

Der Kloß wird nicht kleiner. Immer noch starrt mich John mit großen Augen an. Nun dreht sich auch Marta zu mir um, springt auf und rennt mir in die Arme.

„Anna!" Ich weiß nicht, wie lange wir so dastehen, aber es muss eine Ewigkeit gewesen sein.

Uns beiden rennen die Tränen über die Wangen und wir halten uns fest im Arm. So erwacht der Raum wieder zum Leben. Nur John sitzt noch auf seinem Sessel und starrt uns an.

„Wieso habe ich das Gefühl, die Luft knistert?", höre ich jemanden flüstern. Die Stimme kommt mir bekannt vor, aber ich kann sie nicht einordnen.

„Erkläre ich dir später", entgegnet Laura.

Langsam lösen wir uns voneinander, wischen uns die Tränen ab, und Marta zieht mich mit sich.

„Das ist Anna! Meine beste Freundin, Anna!", schnieft Marta.

„Hi, Anna", erklingt es fast wie im Chor.

Die meisten Gesichter kenne ich noch, aber es sind mir auch einige fremd. Laura sitzt schon mit einem Glas Wasser auf dem Sofa neben einem jungen Mann. Ich grüble, das Gesicht kenne ich. Nun fällt es mir wie Schuppen von den Augen. Das ist Francis, der Kellner! Was macht der denn hier? John sitzt immer noch blass da und starrt mich fassungslos an. Er sieht genauso aus wie in meinen Träumen! Oh Gott, wie kann das sein? Marta holt noch einen Stuhl aus der Küche und wir setzen uns. Ich werde von allen Seiten gelöchert. Alle wollen wissen, wie es mir die letzten Jahre ergangen ist und wieso ich mich so lange nicht gemeldet habe. Ich erzähle von den Kindern und meinem Job, aber die eigentlichen Gründe lasse ich aus. Ich bin damals so selbstständig gewesen und will nicht, dass sie wissen, dass Greg was dagegen hat und ich mich erst jetzt, Jahre später, durchsetzen kann. Was würden sie sagen, wenn ich erzähle, dass ich meinem eigenen Ehemann nicht zutraue, sich um seine zwei Kinder zu kümmern? Ne, so ist es besser.

Laura unterhält sich und flirtet den ganzen Abend mit Francis, der ein guter Freund von Klaus, Martas Freund, ist. Wir albern, lachen und erzählen Anekdoten von früher. Die Stimmung ist herrlich beschwingt und ausgelassen. Es ist, als wenn ich nie weggewesen wäre. Ich fühle mich seit langer Zeit mal wieder frei und unbeschwert. John flirtet mit mir und ich genieße seine Nähe. Seine Finger, die mal ganz zufällig meine Hand streifen, der Fuß, der mich am Schienbein streift oder die Hand die kurz auf meiner Schulter ruht, alles natürlich rein zufällig. Marta bemerkt es ebenfalls und lächelt.

„Hilfst du mir mal beim Nachfüllen der Chips, Anna?" Sie guckte mich erwartungsvoll an. Ich weiß, was Marta will, ein Gespräch unter uns. Die leeren Schüsseln in der Hand folge ich ihr in die Küche. „Was geht denn da ab? Hast du dich von Greg getrennt? Läuft da was, wovon wir nichts wissen? Anna, los erzähl schon!"

Erwartungsvolle Augen strahlen mich an. Was das Ausquetschen angeht, so steht Marta Laura in nichts nach. Aber wie soll ich ihr das erklären? Ich verstehe es ja selbst nicht und bin total verwirrt.

„Nein, ich habe mich nicht getrennt. Es läuft nichts zwischen mir und John", versuche ich mich rauszureden.

Okay, so richtig überzeugend klinge ich nicht, das merke ich selber und auch Marta entgeht dieses nicht.

„Jaja, träum weiter. Ich bin's, Marta, deine Freundin! Mir könnt ihr beiden Turteltäubchen nichts vormachen. Aber denkt dran, ihr seid nicht mehr alleine. Bei euch sind nun noch andere mit betroffen." Mit diesen Worten nimmt sie mich in den Arm und drückt mich ganz fest und setzt noch einen drauf. „Ich bin so froh, dass du hier bist. Ich habe dich ganz arg vermisst."

Ihre Worte rühren mich, denn auch ich habe sie ganz stark vermisst. Lachend und mit neuen Chips und Salzstangen bewaffnet gehen wir zurück ins Wohnzimmer. Laura sitzt inzwischen auf Francis Schoß und John schaut mich schüchtern an, bevor er mir die Schüssel aus der Hand nimmt. Seine Hände verbleiben wieder länger als gewöhnlich und es gut ist auf meinen. Mir fällt fast die Schüssel runter, so zittern meine

Hände und mein Gesicht leuchtet wie eine rote Ampel. John entlockt es nur ein Grinsen, er hat es noch immer drauf, mich völlig durcheinanderzubringen. Dazu noch dieses Parfum! Mir schwirrt der Kopf und das liegt definitiv nicht am Alkohol, denn den habe ich kaum angerührt. Es ist besser, einen klaren Kopf zu bewahren und ihn nicht mit Alkohol zu benebeln. Das hat mir schon einmal das Genick gebrochen und mein Urteilsvermögen kräftig beeinträchtigt. Sowas kann ich kein zweites Mal gebrauchen. Auch ich lerne aus meinen Fehlern, hoffe ich.

Viel zu schnell vergeht der Abend und es wird spät. Wir verabreden uns zum Frühstück am nächsten Morgen, um möglichst jede Minute auszukosten, die Laura und ich noch in der Nähe sind. Francis schlägt vor, bei ihm im Restaurant zu frühstücken, um danach an den Strand zu gehen. Marta, Klaus, Laura und ich sind sofort begeistert. John sagt nur unter Vorbehalt zu. Ich denke, dabei geht es um seine Frau, die heute Abend gar nicht dabei gewesen ist. Das fällt mir erst jetzt auf. Wo ist Jana? Ich verabschiede mich von allen außer John. Er lässt es sich nicht nehmen, mich noch zum Wagen zu begleiten. Francis und Laura küssen sich heiß und innig, was mir ein kleines Lächeln entlockt. John steht indessen nur einen Schritt von mir entfernt, viel zu dicht für nur einen Freund und streichelt mir über die Wange. Mit geschlossenen Augen schmiege ich meine Wange an seine Hand. Das Gefühl ist so vertraut, als wäre ich nie weggewesen und als hätte es die Jahre dazwischen nie gegeben.

„Wie ein Traum, findest du nicht auch?"

Verwirrt blicke ich John ins Gesicht. „Was sagst du da?"

Ich flüstere nur, meine Stimme zittert. Ist das ein Zufall oder spielt er auf die Träume an? Aber wie kann er darauf anspielen? Es sind doch meine Träume, wobei, eigentlich unsere Träume, aber woher soll er davon wissen, es sei denn, er hat die gleichen! Lauras Stimme durchbricht meine Gedanken.

„Wollen wir?", fragt sie mit leiser, zurückhaltender Stimme.

Wir werden wieder ins Hier und Jetzt zurückgeholt. John seufzt und gibt mir einen zarten Kuss auf die Wange, auf der gerade noch seine Hand gelegen hat.

„Schlaf gut und träum schön."

Seine Worte flattern in meinem Ohr wie kleine Schmetterlinge. Träum schön? Schon wieder so eine Anspielung, mir wird ganz heiß. Mit erneut hochrotem Kopf setze ich mich auf den Beifahrersitz meines Wagens. Laura hat Wort gehalten und den ganzen Abend nur Cola und Wasser getrunken, damit ich ein Glas Sekt trinken kann. Mehr habe ich mich nicht getraut, ich bin es schließlich nicht mehr gewohnt, Alkohol zu trinken.

„Wo war Johns Frau?", durchschneidet Laura die Stille.

„Ich weiß es nicht. Was läuft da mit dir und dem Kellner?", versuche ich schnell abzulenken.

„Francis?" Nun läuft Laura rot an. „Der ist süß, oder?", kichert sie leise.

„Das fragst du mich? Ich bin verheiratet und flirte gerade mit meinem Ex. Und ich flirte nicht nur mit ihm, sondern habe Sex mit ihm und zwar in meinen Träumen! Ich glaube, das reicht an Chaos in meinem Leben! Da achte ich nicht noch auf einen Francis!" Laut lache ich los und Laura stimmt mit ein.

„Touché. Was wird nun aus dir und John? Ihr habt so glücklich zusammen ausgesehen. So ein Strahlen habe ich schon lange nicht mehr auf deinem Gesicht gesehen." Lauras Stimme wird wieder ernst.

„Ich fühle mich auch gut, aber ich bin verheiratet, genauso wie er auch."

KAPITEL 13

Lange bleibt uns keine Zeit zum Schlafen. Schon für 10 Uhr haben wir uns zum Frühstücken verabredet und sind erst um fünf im Bett gewesen. Etwas zerknirscht stehe ich auf. Laura hingegen ist schon frisch geduscht, frisiert und hat ihre Badesachen gepackt in der Hand.

„Los, los, komm in die Strümpfe", ermahnt sie mich. „Deine Sachen sind gepackt, du musst nur noch selber in deine Klamotten finden."

Mann, hat die gute Laune. Das muss mit Francis zu tun haben. Ich springe schnell unter die Dusche und frisiere mich notdürftig. Make-up lasse ich bleiben, das wird am Strand sowieso zerfließen. Da ich schnelles Fertigmachen von zu Hause gewohnt bin, stehe ich ganze 15 Minuten später am Auto und wir fahren Richtung Restaurant. Francis gibt Laura einen innigen Kuss, als wir ankommen. Sie können sich nur sehr schwer trennen. Der Rest sitzt schon am Tisch. Auch John ist mit seiner Tochter Lisa da, nur von seiner Frau ist wieder weit und breit nichts zu sehen. Lisa ist ein süßes Ding. Sie hat seine glänzenden Augen sowie sein volles Haar, welches zu einem Zopf aufwendig geflochten ist. Sie hat sich ihren Teller mit allerlei Leckereien vollgepackt und John sortiert sich erst mal etwas Süßes heraus. Marta drückt mich wie am Abend zuvor ganz fest an sich und uns laufen dabei erneut Tränen über die Wangen.

Mit einem Teller voller leckerer Sachen setze ich mich neben John, dem noch einzigen freien Platz am Tisch. Ob das Absicht ist? In Anbetracht seiner Tochter am Tisch, bin ich etwas zurückhaltend. Lisa hingegen ist ganz offen mir gegenüber und fragt mir gleich, auf kindliche Art, Löcher in den Bauch. Sie ist einfach hinreißend. Etwas wehmütig muss ich an Kai und Karla denken. Karla hat mir eine kurze SMS geschrieben, dass ich mich amüsieren und ja nicht zu Hause anrufen soll. Sie hätte alles im Griff, auch ihren Vater, was immer das auch bedeutet.

Das Frühstück ist einfach lecker, aber meiner Figur wird das dauernde Essengehen nicht bekommen und die mühsam abgelaufenen Kilos werden fix wieder auf meinen Hüften landen. Ich muss hier dringend noch mal laufen gehen. Die Sachen habe ich schließlich eingepackt. Außerdem kann ich beim Joggen sehr gut nachdenken. Wir unterhalten uns alle ganz angeregt und ich muss feststellen, dass John ein fürsorglicher Vater ist. Er liest der kleinen jeden Wunsch von den Augen ab, ohne sie zu sehr zu verwöhnen.

Nach diesem ausgiebigen Frühstück gehen die anderen schon an den Strand, ich dagegen muss erst mal joggen und fahre in die Pension, um meine Laufsachen zu holen. Strandsachen habe ich dabei, bin allerdings gerade nicht scharf darauf mich im Bikini, wie ein Walross aussehend, am Strand zu aalen. Neben Laura und Marta sehe ich garantiert aus wie ein Walfisch auf dem Trockenen. Außerdem will ich nachdenken. John mit seiner Tochter zu sehen, gibt mir einen Stich in den Magen. Ich entscheide mich, meine anderen Sachen im Auto zu lassen und am Strand zu laufen. Es gibt dort einen schönen Weg am Sand lang. So kann ich nach meiner körperlichen Ertüchtigung gleich ins Meer springen, um mich zu erfrischen. So ziehe ich schnell meine Sportsachen an, packe den Rest in meine Badetasche und fahre wieder los.

Laura ist bei den anderen geblieben, sie nutzt jede Minute, um bei Francis zu sein. Die beiden sind wirklich süß zusammen. So frisch verliebt. Seufzend parke ich mein Auto, stecke die Stöpsel in meine Ohren und renne los. Oh je, ich habe wirklich die Tage zu viel gegessen. Meine Beine fühlen sich an wie Blei, die Glieder knacken und ächzen unter meiner Bewegung und ich schnaufe lautstark. Wie kann man nur so schnell an Kondition verlieren? Vor unserer Fahrt bin ich schon besser in Form gewesen. Resigniert stolpere ich zu der Stelle, wo die anderen liegen. Ein Hoch auf die Technik, sie haben mir ihre Daten per Handy-GPS gesendet, sodass ich sie mühelos finde.

„Wo sind deine Badesachen?" Laura guckt mich verdutzt an. Oh ne, die hatte ich beim Laufen natürlich nicht dabei, sondern im Auto gelassen.

„Wenn du mir deinen Autoschlüssel gibst, hole ich sie dir." John ist ein ganzer Gentleman.

„Lass mal. Ich … gehe gleich … selber. Muss nur … erst wieder … Luft bekommen", ächze ich.

„Bist du sicher, dass das heute noch passiert und joggen die richtige Sportart für dich ist? Du siehst aus wie eine Tomate mit zu hohem Reifegrad!" John zieht eine Augenbraue nach oben und kramt schon nach meinem Autoschlüssel, der in meiner Gürteltasche liegt.

Lisa lacht herzhaft. „Ich bleibe bei der Tomate, Paps, und passe auf, dass sie nicht platzt. Zu reife Tomaten können nämlich platzen, weißt du das denn nicht, Anna?"

Vorwurfsvolle kleine Kinderaugen blitzen mich

an. Nun brüllt auch der Rest und auch ich kann kaum noch an mich halten, was meiner Gesichtsfarbe den Rest gibt. Laura gibt mir schnell eine Flasche Wasser und alle rücken zusammen, damit ich mich mit auf die Decke setzen kann.

„Wieso tust du das?" Marta guckt mich ernst an. „Du bist NIE joggen gegangen. Das kann nicht gesund sein, so wie du aussiehst!"

„Ich versuche, abzunehmen", gebe ich beschämt zu.

„Abnehmen? Wie zum Teufel kommst du denn auf das schmale Brett?" Marta bekommt Flecken im Gesicht, wie immer, wenn sie sich aufregt. „Sag nicht, dass dein Ehegatte meint, du bist zu dick!" Ihr Tonfall wird laut und sie spuckt das Wort Ehegatte förmlich aus.

„Nein, nein, das sagen meine Hosen, meine Waage und mein Bikini", gebe ich kleinlaut zu.

„Irgendwie hast du, was sowas angeht, schon immer einen an der Waffel gehabt!" Dieser Satz kommt nicht von Marta, der kommt von John. Ich drehe mich um. Er hat meine Tasche und alles andere aus dem Auto geholt und steht lachend hinter mir. „Hier du kleiner Elefant. Da sind deine Zelte, damit du dich umziehen kannst."

„PAPA! Sowas sagt man nicht. Du bist

gemein." Lisa boxt ihren Vater auf den Oberschenkel.

„War doch nur ein Spaß, Schatz. Anna weiß das. Nicht wahr, Anna?" Liebevoll streichelt er seiner Kleinen über die Haare und gibt ihr einen Kuss.

„Ich springe mal in meinen Bikini und dann in die Fluten, sonst haben wir hier noch Fliegenalarm und den ganzen Strand für uns alleine."

„Darf ich mit dir ins Wasser?" Lisas kleine Augen blicken mich erwartungsvoll an.

Auf der Toilette des Restaurants ziehe ich mich schnell um und springe in die Wellen. Das Wasser ist herrlich, kalt und salzig. Himmlisch. Ich schwimme ein paar Runden und spiele dann mit Lisa im Wasser. Sie hat schon darauf gewartet, dass ich sie rufe und springt ohne Angst in die Wellen. Sie taucht unter meinen Beinen durch und wir springen über die Wellen. Immer wieder werden wir von größeren Wassermassen überschüttet, aber das stört Lisa nicht im Geringsten. Sie hält meine Hand ganz fest und quietscht und lacht laut vor Vergnügen.

Erschöpft, aber lachend verlassen wir das Wasser. Lisas Lippen werden langsam blau und ich muss sie überreden, eine Pause zu machen.

John kommt uns mit zwei Handtüchern entgegen. Er wickelt seine Kleine darin ein, packt sie unter lautem Protest über seine Schulter und rennt zur Decke.

„Nun habe ich dich und werde dich kitzeln, bis dir wieder warm ist."

Ruck zuck hat er das Handtuch wieder aufgewickelt und pustet, mit lauten Geräuschen, Luft auf ihren Bauch. Lisa lacht und lacht und bekommt kaum noch Luft. Ein wunderbares Geräusch dieses ungezwungene Kinderlachen.

„Hilf mir Anna! Hilf mir!" Sie reckt ihre Arme wild fuchtelnd in meine Richtung. Instinktiv umfasse ich ihre kleinen Hände und ziehe ganz sacht daran.

„Ne, ne, du bleibst hier meine Kleine!" John hält sie zurück.

„Annaaaa, hilf mir, er kitzelt mich durch! Papa, lass mich, ich mache gleich Pipi in meinen Bikini!" Lisa kann schon kaum noch reden vor Lachen. Nun stoppt John kurz, was mir sogleich die nötige Zeit gibt, um sie aus seinen Armen zu befreien. „Ätsch." Sie streckt ihm die Zunge raus. „Ich muss ja man gar nicht!"

Und schon schlingt sie ihre Arme um meinen Körper und drückt sich ganz fest an mich. Etwas verdutzt lasse ich es zu. Marta beobachtet das

Ganze und guckt mich sorgenvoll an. Wir sehen uns kurz in die Augen und denken das Gleiche: Der Kleinen fehlt ihre Mutter! Wo ist Jana?

Wir verbringen den ganzen Tag am Strand, unterhalten uns, spielen abwechselnd mit Lisa und essen, mal wieder. Langsam wird die Kleine müde.

„Begleitest du uns zum Auto?" Lisa fasst meine Hand und schaut zu mir hoch.

„Ja, aber natürlich." Wie kann man diesem Kind einen Wunsch abschlagen?

„Lisa, lass Anna mal, sie möchte bestimmt noch bei den anderen bleiben."

„Ist schon okay. Ich möchte auch bald los. Laura?" Ich gucke fragend zu ihr. Sie und Francis sitzen eng umschlungen und lösen sich nur widerwillig voneinander.

„Ich würde gerne noch etwas bleiben, wenn es okay ist. Francis bringt mich bestimmt in die Pension." Laura blickt Francis fragend an.

„Klar tut er das." Ich muss schmunzeln und frage mich nur, WANN er sie wieder dort absetzt.

Ich verabschiede Marta und die anderen mit einer Umarmung und wir versprechen uns, auch den nächsten Tag noch zusammen zu verbringen.

„Anna, nun komm schon. Ich bin müde!"

Lisa zieht ungeduldig an meiner Hand. John

trägt die Kleine den ganzen Weg auf dem Rücken, lässt es sich aber dennoch nicht nehmen, auch die Strandtasche zu tragen. Meine will er mir ebenfalls abnehmen, das ist mir aber etwas zu viel. Er schleppt so schon genug.

„Hü, Papa, sei nicht so lahm!", stachelt sie John an und drückt ihre Beine noch fester um seinen Bauch.

„Uff, so kommen wir nie an, ich bekomme ja gar keine Luft." Theatralisch schwankt er hin und her, was der Kleinen erneut ein glockenhelles Lachen entlockt. Wann hat Greg das letzte Mal mit unseren Kindern so ausgelassen gespielt und getobt? Hat er es jemals getan?

„Möchtest du bei uns Abendbrot essen? Lisa wird sich bestimmt freuen." John holt mich aus meinen Gedanken.

„Oh ja, oh ja, bitte Anna, bitte!" Kleine Augen himmeln mich an.

„Sehr gerne", gebe ich zu.

Mir ist etwas mulmig zumute. Am Strand mit den beiden zu sein, ist das eine, aber bei ihm zu Hause? Ich wische die trüben Gedanken beiseite. Es ist ja nur zum Abendbrot, nichts Schlimmes. Danach fahre ich dann zur Pension, ja genau, so mache ich.

„Spielst du mit mir Memory?"

Lisas Augen blitzen mich erwartungsvoll an. Wie lange habe ich das nicht mehr gespielt? Karla ist zu groß für solche Gesellschaftsspiele und Kai unternimmt ebenfalls lieber andere Sachen, als mit mir am Tisch was zu spielen. Ab und zu bekomme ich ihn mal überredet, mit mir Karten oder Spiel des Lebens zu spielen, aber leider nicht sehr oft. Als Karla noch kleiner gewesen ist, haben wir stundenlang an den Wochenenden in der Küche gesessen und gespielt.

„Lisa, lass Anna doch mal in Ruhe, gehe doch malen." John guckt die Kleine strafend an.

„Keiner spielt mit mir Memory, ich möchte aber so gerne. Bitte Anna, eine Runde. Guck mal, das ist von der Eisprinzessin."

Traurige Augen blicken mich an und strecken mir die Karten entgegen.

„Selbstverständlich spielen wir eine Runde." Ich kann einfach nicht anders.

„Siehst du Papa, sie mag Memory!"

Und schon zerrt mich eine kleine Hand hinter sich her in die Stube. Während wir die gleichen Kartenpaare suchen, klappert es in der Küche. John kocht und ein köstlicher Duft zieht ins Wohnzimmer. Lisa ist unglaublich. Mit Ehrgeiz kaut sie auf ihrer Lippe und deckt konzentriert die Kärtchen auf.

„ESSEN!", erklingt es aus der Küche. Es gibt Nudeln mit Schinkensoße und es duftet herrlich.

„Mein Lieblingsessen. Papa, du bist eine Wucht!", schreit Lisa und stürzt sich auf ihren Teller. Ich muss schmunzeln. „Spielen wir gleich weiter?" Lisa stopfte sich während des Sprechens schon die nächste volle Gabel mit Spaghetti in den Mund.

„Lisa, kannst du erst mal aufessen, bevor du redest? Deine Soße läuft ja schon am Kinn runter", ermahnt John seine Tochter.

„Entschuldigung", meint Lisa schmatzend.

„LISA, MUND leer machen!". John wird nun doch etwas ungehaltener.

Das Essen schmeckt himmlisch. John kann kochen, ich bin hin und weg. Die Kleine hat ganz schnell ihren Teller leer gegessen und guckt mich erwartungsvoll an.

„Lass Anna erst einmal aufessen, bitte Lisa." John seufzt.

„Schon gut, ich bin fertig. Es ist köstlich, aber ich bekomme keinen Bissen mehr runter. Los Lisa, wir können zu Ende spielen und ich gewinne", stichle ich sie.

Lisa strahlt wieder über beide Ohren und zieht mich in die Stube, wo noch das Memory auf uns wartet. John deckt den Tisch ab und räumt die

Küche auf, während wir unser Spiel beenden. Ich bin verdutzt.

„Nun geht es aber ins Bett, es ist schon spät und du schon hundemüde." John schaut seine Kleine liebevoll an.

„Anna, liest du mir was vor? Bitte." Lisa zupft an meinem Shirt. John ist es sichtlich unangenehm, wie sie mich in Beschlag nimmt, mir aber macht es nichts aus.

„Ja klar, suche dir ein Buch aus. Aber erst werden die Zähne geputzt und sich umgezogen, dann lesen wir", beschwichtige ich Lisa. In Windeseile rennt sie die Treppen zum Badezimmer hoch und putzt ihre Zähne.

„Du musst das nicht machen?" John guckt mir in die Augen. Was für Augen. Ich schmelze mal wieder dahin.

„Schon gut, es macht mir nichts aus", sage ich und weiche seinem durchdringenden Blick aus.

„Fertig!", erklingt es aus dem Kinderzimmer.

„LISA! Das sind keine drei Minuten gewesen. Sag nicht, dass du die Sanduhr benutzt hast!" Nun muss ich lachen, diese Diskussionen habe ich auch etliche Male mit meinen Kindern geführt. Es ist wohl doch in jedem Haus dasselbe.

KAPITEL 14

„Bleibst du noch auf ein Glas Wein oder Wasser?"

John schaut zu Boden. Ich bin mir nicht sicher, ob es gut ist, dass ich bleibe. Eine innere Stimme gluckst vor Vergnügen, die andere mault und schimpft bei dem Gedanken. Ist es gut, dass ich bleiben will? Wir kennen uns ja schließlich schon lange. Ein harmloser Abend mit Reden über alte Zeiten, was ist schon dabei? Aber ein anderer Teil von mir will mehr, nicht nur hierbleiben und reden, sondern mehr, viel mehr. Langsam folge ich John in die Küche, um ihm tragen zu helfen. Ich muss zugeben, ich will sehen, ob die Küche wirklich aufgeräumt ist. Und das ist sie! Es sieht aus wie geleckt. Himmel, so sauber ist nicht einmal meine eigene zu Hause! Die Teller stehen vorgespült in der Spülmaschine, die Töpfe sind abgewaschen und schon wieder im Schrank verstaut, selbst der Tisch ist sauber abgewischt. Nirgends liegt auch nur ein Krümelchen rum.

Als ich mich umdrehe, um John was zu fragen, steht er direkt hinter mir. Ich habe gar nicht gemerkt, dass er so dicht hinter mir steht und stoße mit ihm zusammen. Peinliche Stille entsteht, während er mir in die Augen blickt. Ich verliere mich in seinem Blick und es geschieht alles so schnell, dass ich nicht mehr sagen kann, wer den ersten Schritt gemacht hat. Ich spüre seine starken Hände an meinen Armen, wie sie auf und ab streicheln, und schon liege ich in seinen Armen und spüre seine zarten Lippen auf meinen, erst ganz sanft, dann fordernder. Ich vergesse Zeit und Raum um mich herum. Genieße einfach die Leidenschaft, mit der er mich küsst und berührt. Wie lange bin ich nicht mehr so leidenschaftlich geküsst und begehrt worden?

Gemeinsam, wild küssend wie Teenager, schlängeln wir uns zum Wohnzimmer. Nicht eine Sekunde lassen wir voneinander ab. Seine Hände scheinen, überall zu sein. Ich stöhne laut auf, als er langsam mit den Lippen meinen Hals heruntergleitet, mich von meinem T-Shirt befreit und sanft dort küsst, wo gerade noch seine Hände waren. Mein Hirn ist ausgeschaltet, wie leer geblasen. Beim ersten Kuss versucht mein Gewissen, noch etwas zu sagen, aber nun ist es still und hat aufgegeben. Viel zu schön ist das Gefühl, welches John in mir entfacht. Feuer und Leidenschaft, wie ich sie schon lange nicht mehr gespürt habe. Ich will ihn. Will von ihm liebkost, berührt und geliebt werden. Möchte ihn spüren, mit Haut und Haaren und mit allem, was dazu gehört. Nicht an morgen denken und was dann ist, nur den Augenblick genießen, und mich als begehrenswerte Frau fühlen. Es ist zu schön, seine Lippen überall auf meinem Körper zu spüren, sein leidenschaftlicher Blick, wie er an mir heruntersieht, als er meine Hose entfernt. Der Pfiff, der leise ertönt, als ich splitterfasernackt vor ihm stehe und mich schon bedecken will.

„Nein, nicht, ich möchte den Anblick genießen. Du bist eine so wunderschöne Frau", säuselt John.

Nun hält uns gar nichts mehr, wir lieben uns im Wohnzimmer und gehen langsam, aber wild küssend ins Schlafzimmer, um uns dort auf dem Bett niederzulassen. Auch dort lieben wir uns nochmal leidenschaftlich und wild. In meinem Kopf ist alles leer, ich spüre nur seine Bewegungen auf mir und genieße, was sie in mir entfachen. Ein Feuerwerk der Gefühle entbrennt erneut in meinem Schoß und meinem Kopf. Himmel, wann war das letzte Mal Sex so schön und fesselnd? Erschöpft liegen wir nebeneinander, mein Kopf auf seiner Brust, beide wild atmend. Mir fallen schon fast die Augen zu, aber mein Verstand kommt langsam zu sich und brüllt mich lautstark an. Ich atme tief seinen Duft ein, merke wie kleine Schweißtropfen an ihm herunterlaufen und auf mir landen. Eine Hand streichelt über mein Gesicht, dann vergräbt er seine Nase in meinen Haaren und atmet ebenfalls tief ein.

„Möchtest du was trinken?" Seine Stimme hallt durch die Stille. Auch wenn er nur flüstert, hört es sich an, als wenn er schreit.

„Hm. Gerne", antworte ich leise. Auch ich bringe nur ein Flüstern zustande. Mit einem langen Kuss steht er auf und geht Richtung Wohnzimmer. Vollbepackt mit unseren Klamotten und einem Glas Wasser in der Hand kommt er zurück. „Die sollten wir vielleicht nicht unbedingt im Haus verstreut rumliegen lassen."

John grinst mich verschmitzt an. Bei dem Gedanken an seine kleine Tochter, die in den Raum hätte kommen können, laufe ich rot an. Wir haben gar nicht abgeschlossen. Zu Hause bin ich immer darauf bedacht, abzuschließen, damit uns die Kinder ja nicht aus Versehen dabei erwischen. Ich denke nach, wann haben wir das letzte Mal miteinander geschlafen? Es muss Wochen her sein. Kein Wunder, dass ich so ausgehungert bin. Ob es Greg genauso geht? Ob er eine Affäre hat? Oder findet er mich einfach nicht mehr attraktiv? Tausend Gedanken schwirren mir durch den Kopf. Was habe ich angerichtet? Was wird das für Folgen haben?

„Einen Penny für deine Gedanken." John guckt mich mit seinen wundervollen braunen Augen an.

„Was haben wir getan?" Es kommt nur ein Flüstern aus meinem Mund. Tränen kullern über meine Wangen.

„Aber wir haben es doch schon unzählige Male getan", verteidigt uns John.

„Ja, damals, da waren wir ein Paar!", entgegne ich. Mein schlechtes Gewissen droht mich zu übermannen. Ich schluchze vor mich hin und auch John schaut nun etwas zerknirscht.

„Nein Anna, das meine ich nicht. Ich meine auf der Wiese, auf unserer Wiese! Außerdem existiert meine Ehe schon lange nicht mehr. Sie kümmert sich kaum um die Kleine. Lisa vermisst ihre Mutter, aber die ist auch nicht für sie da gewesen, bevor sie uns verlassen hat. Und sage nicht, deine Ehe sei in Ordnung. Dann wäre das hier mit uns nicht passiert."

„Auf unserer Wiese?", frage ich verwirrt. Kann es sein, kann sowas wirklich sein? Sind die Träume real? Aber wie? „Wie kann es sein, John? Du weißt von meinen Träumen?", fahre ich fort.

„Unsere Träume, Anna, unsere Träume. Ich habe mir viele Gedanken darüber gemacht, viel recherchiert. Ich denke, wenn zwei Menschen es nur wirklich wollen und so miteinander verbunden sind wie wir beide, dann kann man sich in seinen Träumen treffen. Wir sind der lebende Beweis dafür."

Er nimmt mich fest in seine Arme, streichelt mir übers Haar, küsst mich auf die Wange, den Hals, und entfacht erneut diese unbändige Leidenschaft, die ich schon verloren geglaubt habe. Mein Hirn ist wieder wie leergefegt, als seine Hände erneut meinen Körper erkunden. Sein Mund wandert langsam an meinem Hals entlang, über meine Brüste, runter zu meinem Bauchnabel, um tiefer zu sinken und mich um den Verstand zu bringen. Dieser funktioniert aber eh gerade nicht mehr. Meine Tränen versiegen und die gerade noch weinenden Schluchzer werden zu stöhnenden Lauten, während er seinen Kopf in meinem Schoß vergräbt. Vergessen sind all die Zweifel, die mich noch kurz vorher zu zerschmettern gedroht haben, ruhig das schlechte Gewissen, welches mich getadelt hat. Nun gibt es nur John und mich, mich und John. Verschmolzen zu einem Knäuel voll Leidenschaft und Begierde. In dieser Nacht lieben wir uns noch weitere zwei Mal. Völlig ausgehungert sind unsere Körper, sehnen sich nach Liebe und Geborgenheit, nach Sex und Streicheleinheiten.

Es ist, als wenn wir nie getrennt gewesen sind. Aber das sind wir und wir stecken beide in einer, mehr oder weniger, unglücklichen Ehe und somit nun gewaltig in der Klemme.

KAPITEL 15

Ich schleiche mich leise ins Bad, um die Kleine nicht zu wecken, stapfe auf Zehenspitzen durch den Flur, als hinter mir eine leise Stimme erklingt: „Anna!"

Auweia, das ist Lisa. Verschlafen guckt sie mich an und springt mir freudig in die Arme.

„Guten Morgen, hast du hier geschlafen? Spielen wir wieder Memory? Liest du mir was vor?"

Das kleine Mundwerk steht gar nicht still. Zum Glück bin ich komplett bekleidet durch das Haus geschlichen. Nackt wäre ich doch ziemlich in Erklärungsnot geraten. Hinter uns ertönt Johns Stimme. „Auch schon wach, Prinzessin."

Er ist zum Glück ebenfalls angezogen und streichelt Lisa sanft über den Kopf.

„Machst du mir Pfannkuchen zum Frühstück, bitte", fleht Lisa John an.

„Okay, okay. Ich muss aber erst duschen."

Verschmitzt lächelt er mich an. Prompt laufe ich mal wieder hochrot an. Zum Glück ist Lisa zu klein, um dieses zu deuten.

„Okay, dann können Anna und ich Memory spielen!" Sie springt von meinem Arm und rennt los ins Wohnzimmer.

„Schade, dass Lisa schon wach ist, ich hätte dich gerne mit unter meine Dusche genommen."

Mein Gesicht bekommt erneut eine rote Färbung, als ich daran denke, was er dort mit mir anstellen würde. Kopfschüttelnd gehe ich ins Wohnzimmer und kann John hinter mir lachen hören.

Zwei Mal spiele ich mit Lisa Memory, bevor John zum Frühstück ruft. Ein leckerer Duft hängt in der Luft. Es riecht nach Kaffee, frisch aufgebackenen Brötchen und Pfannkuchen. Der Tisch ist liebevoll gedeckt, sogar eine einzelne Blume steht in einer kleinen Vase in der Mitte des reich gedeckten Tisches.

„Ich weiß nicht, ob du auch Pfannkuchen möchtest oder am frühen Morgen doch lieber Brötchen isst", säuselt John.

Früher Morgen ist gut, es ist inzwischen zehn Uhr und meinem Magen ist es reichlich egal, was er kriegt, Hauptsache es ist essbar. Laut knurrt dieser, als ich mich an meinen Platz neben Lisa setze. Sie besteht darauf, dass ich neben ihr auf der Bank sitze, auch wenn ich mich etwas dahinquetschen muss. John ist die Anhänglichkeit der Kleinen etwas unangenehm, mir macht es aber nichts aus. Es beruhigt etwas mein schlechtes Gewissen, zu wissen, dass die Kleine nicht so ein tolles Verhältnis zu ihrer Mutter hat und mehr an ihrem Vater hängt oder auch an mir, nach so kurzer Zeit. Auch wenn es nicht sein darf, denn ich werde heute wieder zu meiner Familie zurückkehren und die beiden alleine zurücklassen. Ein dicker Kloß macht sich in meinem Hals breit und mir vergeht der Appetit.

„Magst du nicht mehr, hast du keinen Hunger mehr?" Lisa schaut mich kauend an.

„Danke Lisa, ich bin satt. Aber es hat sehr lecker geschmeckt", lüge ich.

Ein paar Tränen sammeln sich in meinen Augen. John schaut zu mir auf und bemerkt es sofort. Ihm ist sowas noch nie entgangen. Schon damals hat er jede meiner Gefühlsregungen deuten und genauso richtig verstehen können. Im Gegensatz zu Greg, der es nicht einmal versteht, wenn ich es laut ausspreche. Hastig stehe ich auf, quetsche mich zwischen Tisch und Lisa entlang und eile ins Bad.

„Geht es Anna nicht gut, Papa?"

Lisa ist wirklich ein Herz von einem Kind. Wieso behandelt Jana sie so zurückweisend? Meine Augen sind rot vom wenigen Schlaf und den Tränen, die sich sammeln. Bloß nicht weinen, nicht weinen! Den dicken Klos schlucke ich herunter und wasche mir das Gesicht. Einen

Schönheitswettbewerb kann ich so nicht gewinnen, aber wenigstens sehe ich nicht mehr so verheult aus. Als ich aus der Badezimmertür gehe, renne ich fast in John hinein, der sich davor postiert hat.

„Alles okay, Anna?" Sorgenvoll schaut er zu mir herab.

„Was haben wir getan, John? Was haben wir unseren Familien angetan? Wie sollen wir das unseren Partnern erklären?"

Beschämt schaue ich zu Boden, ich kann ihm nicht einmal in seine wunderschönen braunen Augen schauen, so sehr quält mich mein schlechtes Gewissen.

„Meine Ehe existiert nur noch auf dem Papier. Anna, ich liebe dich und habe immer nur dich geliebt."

Seine Hand streichelt sanft meine Wange und hebt mein Kinn an. Er kommt noch ein kleines Stück näher, so, dass kein Papier mehr zwischen uns passt.

„STOPP! Nein, John. Das darf nicht sein. Wir haben einen großen Fehler begangen. Das dürfen wir nicht. Du liebst die Anna von früher, aber die bin ich nicht mehr, schon lange nicht mehr. Ich habe zwei Kinder und einen Ehemann", setze ich kleinlaut hinzu.

Die letzten Worte sind nur noch ein Schluchzen. Ich gebe ihm einen flüchtigen Kuss, drehe mich ruckartig um und gehe los.

„Anna, nein, bitte nicht. Nicht schon wieder. Ich will dich nicht schon wieder verlieren und nicht wissen wieso."

Auch John schluchzt. Ich weiß, was er meint. Als ich ihn damals verlassen habe, war es ähnlich. Ich habe ihm zwar gesagt, dass ich ihn nicht mehr liebe und wir keine Zukunft mehr haben, aber habe dabei ganz fürchterlich geweint. Er hat gewusst, dass irgendwas nicht stimmt und versucht, mich schon damals dazu zu bewegen, mit der Wahrheit rauszurücken. Vergebens. Das Geheimnis wahre ich noch heute.

Ich schnappe mir meine Jacke und rufe Lisa nur ein kurzes, „Ich muss leider los, Kleines", zu und gehe aus der Tür, zielstrebig zu meinem Auto.

Schnell setze ich mich zitternd hinter das Steuer und bewege den Wagen aus der Einfahrt. Im Rückspiegel sehe ich, wie Lisa aus der Tür rennt und John sie aufhält. Nun habe ich auch noch der kleinen Lisa wehgetan. Warum tut man immer den Menschen weh, welche man gernhat. Am Ende des Dorfes fahre ich rechts ran, um mich erst einmal auszuheulen. Mein Blick ist von Tränen verschleiert und ich kann froh sein, nirgends gegen gefahren zu sein. Ich muss dringend in die Pension und mit Laura reden oder mit Marta. Wie lange ich so weinend da sitze, kann ich nicht sagen. Mein Handy klingelt und vibriert des Öfteren. John versucht, mich anzurufen. Oft. Verweint schaue ich darauf, gehe aber nicht ran. Ich kann jetzt nicht mit ihm sprechen. Mein Handy klingelt erneut. Dieses Mal ist es Laura. Tief atme ich durch und nehme ab.

„Anna? Anna, bist du dran? Wo bist du verdammt. John hat uns angerufen, er macht sich Sorgen um dich." Laura klingt besorgt.

– Stille. –

„Anna? Bitte sag doch was." Sie klingt sehr beunruhigt.

„Ich bin dran, alles okay." Überzeugend bin ich nicht gerade.

„Ja klar, das höre ich." Selbst Laura merkt, dass dieses nicht stimmt. Ich höre mich auch wirklich grausam an. „Du weinst doch! Och Anna, wo bist du? Sollen wir dich holen?" Noch mehr Besorgnis geht wirklich nicht in Lauras Stimme.

„Wir? Ist Francis etwa bei dir?" Es ist ein kläglicher Versuch von Ablenkung und Aufheiterung der Stimmung und Laura bemerkt natürlich auch dies.

„Lenk nicht ab, natürlich ist Francis bei mir.

Also, wo bist du?" Nun ist sie etwas gereizt.

„Wir treffen uns in der Pension. Ich sitze im Auto, irgendwo im Nichts." Ich gucke nach einem Hinweis, wo ich bin.

„Okay, fahr vorsichtig", setzt sie noch schnell hinzu, dann legt Laura auf.

Das Telefonat ist beendet und meine Tränen rinnen erneut wie ein Rinnsal die Wangen herunter. Mit einem Taschentuch wische ich mir das Gesicht ab, gucke in den Spiegel und erschrecke. Ich sehe fürchterlich aus. Nun gut, ab zur Pension. Während der Autofahrt denke ich nach. Was soll ich Greg erzählen? Will ich überhaupt zurück? Soll ich alles aufgeben, die Kinder aus ihrem gewohnten Umfeld rausholen, um hier mit John zusammenzuleben? Er hat gesagt, seine Ehe sei schon längst vorbei, aber meine Ehe, ist die auch vorbei oder ist es nur der Alltag, welcher mit den Jahren eingekehrt ist? Liebe ich John wirklich noch so sehr oder ist es nur der Reiz, der mich beflügelt? Was würden die Kinder sagen, sollten wir umziehen? Und Greg, wäre er traurig oder eher froh, uns los zu sein, um sein eigenes Leben zu leben, so wie er es möchte, ohne störende Ehefrau und nervende Kinder? So viele Fragen und ich weiß auf keine einzige eine Antwort.

„… gerade angekommen, alles gut. Sie sieht nicht gut aus, aber ist heile hier." Laura steht, mit ihrem Handy in der einen Hand und Francis in der anderen in der Auffahrt und wartet schon auf mich. „Verdammt Anna, was machst du denn?", mault Laura mich forsch an, drückt mich aber ganz fest an sich.

Sie hat wirklich Angst um mich gehabt. Auch Francis guckt besorgt. Ich muss sehr schlimm aussehen, total verheult und verquollene Augen. Mein schlechtes Gewissen ist nun noch größer. Na bravo. Noch ein Mensch mehr, den ich gernhabe, welcher sich Sorgen um mich macht und den ich enttäusche. Warum tut man genau den Menschen weh, die man am liebsten hat? Ich seufze laut.

„Ich bin ein schlechter Mensch, Laura, warum habt ihr mich gern? Ich hasse mich, warum ihr nicht", flüstere ich.

Die nächsten sinnflutartigen Tränen überkommen mich. Laura nimmt mich noch fester in den Arm und wir gehen in die Pension.

„Ich fahre dann mal", verabschiedet sich Francis.

„Nein Anna, du bist kein schlechter Mensch, aber du bist eben auch ‚nur' ein Mensch. Es ist nicht gut, was ihr getan habt. Ich will es auch gar nicht schönreden, aber ihr seid erwachsen und müsst dazu stehen und es wieder geraderücken. Werdet euch über eure Gefühle klar und dann regelt das. Redet darüber und lasst eure Partner nicht im Unklaren", redet Laura mit mir Klartext.

Wie lange wir so dasitzen und ich zwischen heulen und erzählen hin und her schwanke, weiß ich nicht, es fühlt sich wie eine Ewigkeit an. Laura hat viel Geduld mit mir und reicht mir ein Taschentuch nach dem nächsten. Sie unterbricht mich nicht ein einziges Mal, sondern hört sich geduldig meine Geschichte der Geschehnisse der letzten Nacht an.

„War es denn schön? Hattest du das Kribbeln im Bauch, welches du auch in deinen Träumen hattest?" Sie trieft vor Neugierde.

„Ja", schluchze ich „das habe ich gehabt. Es ist genauso wie in meinen Träumen gewesen. Er ist zärtlich, fürsorglich und es ist unheimlich schön gewesen. Ich komme mir begehrenswert, sogar hübsch vor bei ihm." Ein erneuter Heulanfall unterbricht meine Schwärmerei. „Verdammt, irgendwann müssen die Tränen doch mal alle sein!"

Mein lautes Fluchen bringt Laura zum Lachen und heitert unsere Stimmung etwas auf.

„Und nun?" Laura schaut mich fragend an.

„Das ist eine gute Frage, auf die ich keine Antwort habe", gestehe ich.

„Was sagt John dazu? Will er seine Ehe retten oder seine Frau verlassen?" Laura schaut mich an.

„Verlassen? Ich weiß es nicht. Will ich das überhaupt? Im Moment weiß ich gar nichts. Mein Kopf ist total leer."

Beschämt senke ich den Kopf. Ich komme mir vor, wie ein kleines Mädchen, das das Lieblingsspielzeug einer Freundin kaputt gemacht hat.

„Du solltest dir bald darüber klar werden, heute müssen wir wieder abreisen. Oder möchtest du bis morgen bleiben?"

Allein bei dem Gedanken schaudert es mich. Hier ist alles so anders, so einfach gewesen. Zumindest bis heute Morgen. Was haben wir getan, was haben wir nur angerichtet? Aber noch eine Nacht bleiben, nein das geht nicht.

„Auch auf die Gefahr hin, dass ich mich wiederhole, ruf John an und klär das. Redet über eure Gefühle und werdet euch über die Konsequenzen bewusst." Laura guckt mich ernst an.

„Hm. Aber erst brauche ich einen Kaffee. Bitte", sage ich und versuche, Zeit rauszuschlagen.

Laura grinst mich an. „Das ist die alte Anna."

Ich bin mir da nicht so sicher. Ich bin nicht mehr die Alte. Etwas hat sich grundlegend geändert in dieser Nacht. Ich will nicht mehr so stupide nebeneinander her leben, wie Greg und ich es die letzten Jahre getan haben. Ich will mein Leben wieder leben! Möchte mich wie eine Frau fühlen, die begehrt wird. Ob mit Greg oder John oder sogar mit keinem von den beiden, weiß ich nicht. Das Einzige was mir klar ist: So kann und darf es nicht weitergehen! Seit viel zu langer Zeit habe ich mich nicht mehr so lebendig gefühlt!

Herrlicher Duft von frischem Kaffee holt mich zurück in die Wirklichkeit. Laura stellt unsere Tassen auf den Tisch und packt eine riesengroße Tafel Schokolade aus.

„Marabu Schokolade! Lecker!", staune ich. Meine Augen blitzen auf. Wie lange habe ich die schon nicht mehr gegessen?

„Ich habe mir sagen lassen, das ist deine Lieblingsschokolade", meint Laura lächelnd.

„Das kann nur Martha gewesen sein. Eine von uns hat die immer gekauft, wenn die Andere Liebeskummer gehabt hat. Gemeinsam haben wir sie verputzt und über die Männerwelt philosophiert und gemeckert." Ich seufze.

„Passt doch perfekt. Und sie schmeckt wirklich

himmlisch." Laura nimmt sich noch ein großes Stück und isst es genüsslich. Die ganze Tafel Schokolade lang sitzen wir zusammen, trinken Kaffee und sprechen über das, was passiert ist. Laura ist die Inquisition in Person. Sie will jedes schlüpfrige Detail wissen. Einiges lasse ich allerdings doch lieber aus, Freundschaft hin oder her. Ich laufe ja bei dem Gedanken an die letzte Nacht schon hochrot an. Was wohl passieren wird, wenn ich DAS erzähle! Ne, das lassen wir mal lieber.

„Und nun?", fragt Laura schmatzend.

„Ich weiß es doch nicht", gebe ich kleinlaut zu. „Ich weiß ja gar nicht, was oder wen ich will oder ob ich überhaupt jemanden will. Und ob die mich wollen!", gebe ich an. Erneut bricht mir die Stimme, aber Tränen kommen keine mehr, die sind wohl inzwischen alle.

„Hast du mal was von Greg gehört die Tage? Oder von den Kindern?" Schmatzend schaut Laura mich an.

„Nur eine Nachricht von Kai und Karla, dass alles okay ist und ich die Tage genießen soll. Sie kommen schon zurecht. Was habe ich getan, Laura? Ich habe meine Familie kaputt gemacht", schluchze ich. Meine Tränen sind wohl doch nicht alle, ich heule erneut wie ein Wasserfall.

Laura zieht die Augenbrauen hoch: „Du bist ja nicht alleine schuld. John und auch Greg, haben ihren Teil dazu beigetragen", erwidert sie und schaut mich ernst an.

„Jaja ich weiß, ich kenne diese Floskeln. Wenn alles in einer Beziehung stimmt, dann geht man auch nicht fremd. Bla bla bla. Aber das ist doch kein Freifahrtschein." Ich schluchze und heule immer noch.

Laura seufzt: „So war das nicht gemeint. Aber ein Fünkchen Wahrheit steckt doch drin. Und nun ruf John an und klär das! Verdammt noch mal!" Sie wird langsam laut.

„Erst Naseputzen. Wie hört sich das denn an, wenn ich da schniefend und rotzend anrufe?", schnaube ich in ein Taschentuch.

„Wie eine Frau, die nicht weiß, was sie getan hat eben", antwortet Laura grinsend.

Ich muss lachen. Sie trifft mal wieder den Nagel auf den Kopf. Im Badezimmer putze ich mir die Nase und schaue kurz in den Spiegel. Bloß gut, dass es nur ein Telefon ist und kein Skype. Man sieht mir meine Heulattacken deutlich an. Ich atme noch einmal tief durch, gehe ins Wohnzimmer und schnappe mir das Handy. John ist sofort nach dem ersten Klingeln dran.

„Anna! Um Himmels willen, jag mir doch nicht

so einen Schrecken ein!"

Mein schlechtes Gewissen wächst nun noch mehr. Bravo. Ein Wunder, dass das überhaupt noch möglich ist. Er klingt sehr besorgt.

„Tut mir leid, ich bin so durcheinander." Meine Stimme zittert.

„Ich will dich nicht wieder gehen lassen, ich habe dich doch gerade erst wieder." Johns Stimme ist nur noch ein Flüstern.

„Stopp, John. Ich bin verheiratet." Ich betone jedes Wort ganz deutlich.

„Ich auch", unterbricht er mich. Dieser Einwand ist berechtigt. „Bist du denn glücklich in deiner Ehe? Und sei ehrlich. Oder ist es nur noch die Gewohnheit? Was ist das zwischen uns? Du hättest mich nicht zu dir in die Träume gelassen, wenn ihr glücklich wärt. Sowas funktioniert nur, wenn es beide Seiten wollen und man sich zueinander hingezogen fühlt, so sehr, wie wir beide." John hört sich sehr ernst an.

„Ich weiß es wirklich nicht!"

Mir fehlen die Worte. Er hat recht, ich habe ihn in meine Träume gelassen und alles genossen, was passiert ist. Nun schluchze ich schon wieder. Wo kommen die ganzen Tränen her? So viel kann ein Mensch an einem Tag gar nicht heulen, ohne zu vertrocknen.

„Ich brauche Zeit, John. Ich muss nachdenken und mir klar werden, was ich will und brauche. Heute fahren wir wieder nach Hause. Meine Kinder brauchen mich", erkläre ich.

„Das klingt wie ein Abschied." Seine Stimme bricht und er legt auf. Verdattert gucke ich aufs Handy. Hat er gerade aufgelegt?

„Was ist los?" Laura schaut mich verwirrt an, als ich in die Küche spaziere.

„Er hat einfach aufgelegt!", motze ich los.

„Was?" Laura scheint verwirrt.

„Bist du taub, Laura? Er hat aufgelegt!", brülle ich los. Laura verzieht das Gesicht. Das ist nicht fair von mir. „Entschuldigung, das wollte ich nicht. John hat aufgelegt. Er meint, meine Worte klingen nach Abschied und dann LEGT ER EINFACH AUF! Dieser Mistkerl, dieser", meckere ich lautstark.

„Anna, wir müssen heute zurück. Werde dir klar, was du möchtest und rede mit Greg. Ich werde nichts sagen, aber du solltest klare Verhältnisse schaffen. Ich stehe hinter dir, egal wie du dich entscheidest und was du machst." Lauras Stimme ist ernster, als ich sie kenne. Nun schießen mir erneut die Tränen in die Augen.

„Warum ist Liebe so kompliziert? Ich habe immer gedacht, nun bin ich verheiratet, nun ist alles einfacher. Mensch, ich bin doch kein Teenager mehr!" Ich heule erneut los. „Warum zum Teufel sind das Leben und die Liebe so kompliziert? Warum kann man keinen Mann backen? Oder zaubern? Der macht dann das, was man will und wann man es will. Ist so wie man sich ihn wünscht, zärtlich, einfühlsam und widerspricht nur, wenn man das auch möchte." Ich seufze. Nun müssen wir beide lachen.

„Willst du wirklich so ein Weichei?" Laura zieht die Augenbrauen hoch.

„Ein kleines bisschen", gebe ich kleinlaut zu. „Nur ein bisschen."

Wir packen unsere Sachen, ziehen die Betten ab und reinigen das Bad. Die Endreinigung ist eigentlich mit drin, aber wir müssen diese nicht bezahlen. Unser Gewissen treibt uns dazu, das Zimmer sowie das Bad zu säubern. Wir verabschieden uns von unserem netten Vermieter und fahren zu Marta. Wir wollen uns unbedingt noch einmal sehen. Wer weiß, wann es das nächste Mal so weit ist? Langsam und mit einem flauen Gefühl fahre ich die Auffahrt hoch und halte an. An der Tür werden wir schon von Marta und ihrem Freund erwartet. Was wird sie nun von mir denken? Ob John auch hier angerufen hat? Marta nimmt mich in den Arm und drückt mich ganz fest.

„Mensch Anna, du hast dich nicht geändert. Du hast es immer noch drauf, dich mit Schwung in Schwierigkeiten zu manövrieren." Damit ist meine Frage dann auch beantwortet. Natürlich hat John bei Marta angerufen, als ich verschwunden bin! Bravo, nun muss ich es ihr auch noch erklären. Erst einmal reicht aber ein Schulterzucken. Sie versteht mich auch ohne viele Worte. Uns erwartet ein leckerer, starker Kaffee und himmlisch duftender Apfelkuchen. Ich werde als Tonne zu Hause ankommen. Mein ganzes Gejogge ist umsonst gewesen. Gemütlich sitzen wir bei Marta im Wohnzimmer und quatschen ausgiebig bei Kaffee und Kuchen. Ich will gar nicht los. Es ist so idyllisch hier.

„Die Zeit anhalten geht wohl nicht."

Ein tiefer Seufzer entfährt mir. Die beiden stellen keine Fragen, die ich nicht beantworten möchte. Marta reicht ein Blick in mein Gesicht und sie weiß, was los ist. Sie kennt mich halt doch noch am besten. Die jahrelange Freundschaft hat trotz der großen Entfernung nicht an Kraft und Intensität verloren. Mir tut es sehr weh, wieder fahren zu müssen, nicht schon wieder will ich auf Marta so lange verzichten. Trotzdem verabschieden wir uns nach einer Stunde. Als

Marta und ich uns in den Armen liegen, weinen wir beide. Ihr geht es genauso. Auch sie hat mich vermisst. Wir versprechen uns gegenseitig, dass das nächste Wiedersehen nicht noch einmal so lange auf sich warten lassen wird. Ich hoffe, wir können es auch wirklich halten.

„Viel Glück, fahrt vorsichtig, und lass dich nicht unterkriegen. Ruf mich an, wenn was ist. Du und deine Kinder, ihr seid jederzeit bei uns willkommen", versichert mir Marta.

„Mache ich", stottere ich. Mit einem dicken Kloß im Hals und einem Stein im Magen setze ich mich hinter das Steuer. „Soll ich fahren?" Laura merkt, dass mir das alles sehr nahe geht.

„Danke, es geht schon." Meine Tränenvorräte müssen ja langsam mal alle sein, hoffe ich.

Winkend lenke ich den Wagen die Auffahrt hinab auf die Straße und fahre den Worten meines Navigationssystems folgend heimwärts. Bin ich dort noch zu Hause? Es hat sich in den paar Tagen so vieles verändert. Ich bin nicht mehr die gleiche Frau, die von dort losgefahren ist. Etwas Grundlegendes hat sich geändert und es muss sich zu Hause auch etwas Grundlegendes ändern, das ist mir bewusst. Nur wie soll ich die alten Strukturen, die sich in den Jahren eingebürgert haben, durchbrechen? Einfach und vor allem ohne Widerstand, wird dies nicht vonstattengehen, das weiß ich.

„Na, wenigstens eines weiß ich", murmle ich vor mich hin.

„Hast du mit mir gesprochen?" Laura blinzelt mich müde an. „Nein, ich führe mal wieder Selbstgespräche", antworte ich kopfschüttelnd.

„Das ist gut, dann brauche ich ja nicht antworten." Und schon schlummert sie weiter.

KAPITEL 16

Ich bin nicht böse, dass sie schläft. Im Gegenteil. So kann ich meinen Gedanken nachhängen und muss keine Konversation betreiben. Ich bin nicht aufgelegt zum Reden. Ich weiß nicht, was mich zu Hause erwartet, ob Greg mir mein Fremdgehen verzeihen wird, geschweige denn, wie ich es ihm erklären soll. Er ist nie großartig eifersüchtig gewesen. Selbst wenn Männer mich manches Mal offensichtlich angeflirtet haben, ist er sich immer sicher gewesen, ich werde nicht fremdgehen. Er hat es mir sogar gesagt, damals habe ich es als Scherz hingenommen. *Warum solltest du, wo du doch so einen tollen Hecht hast, noch woanders Angeln gehen.* Ich habe gelacht und es als Kompliment gesehen, weil er mir ja so vertraut hat. Heute denke ich, es wäre mehr ein Kompliment gewesen, wenn er mal etwas eifersüchtig gewesen wäre. So hätte er mir jedenfalls gezeigt, dass ihm an mir mehr liegt.

Nun stehe ich da und habe es getan. Bin einfach fremdgegangen, ohne groß zu überlegen, und dass sogar mehrfach in einer Nacht! Bei dem Gedanken an diese Nacht fangen mein Schoß und Unterleib schon wieder an zu kribbeln. Ich erröte. Wann hat mich Greg das letzte Mal so leidenschaftlich geliebt und begehrt? Hat er das überhaupt mal getan in all den Jahren? Habe ich ihn überhaupt schon mal so begehrt wie John letzte Nacht? Eine Träne rinnt mir die Wange hinunter. Es ist nicht fair, sowas zu denken, und trotzdem tue ich es. Ist es Begierde oder einfach aufgestaute Leidenschaft, die ich all die Jahre nicht rausgelassen habe? Diese Nacht ist jedenfalls die aufregendste gewesen, die ich in den letzten Jahren gehabt habe. Ein Schauer läuft mir über den Rücken. Ich habe mich als begehrenswerte Frau gefühlt, als John mich ansah, nicht nur wie ein Sexobjekt, womit man schnell seinen Spaß hat. Nein, als wunderschöne Frau. Oh Gott, ich muss aufhören, darüber nachzudenken. So kann man sich ja nicht auf den Verkehr konzentrieren! Ein Blick auf mein Navi verrät, es sind noch zweieinhalb Stunden pure Autobahn. Oh weh, hoffentlich halte ich das durch. Das Autoradio etwas lauter gedreht wird es hoffentlich gehen, Laura schläft tief und fest. Als ich bei einer Raststätte anhalte, um mir einen Kaffee und meinen Beinen eine Pause zu gönnen, wacht Laura auf.

„Was? Wo bin ich? Francis?" Etwas verwirrt schaut sie sich um.

„Nein allerliebste Laura, du musst mit mir vorliebnehmen." Ich grinse die etwas durcheinander geratene Laura an.

„Och, naja, okay." Laura lacht verschmitzt.

„Wie lange brauchen wir noch?" Sie gähnt lautstark.

„Noch etwa eine Stunde, dann sind wir da."

„Hast du dir schon überlegt, wann und wie du es Greg sagen willst?"

„Nein." Verschämt blicke ich zu Boden. „Das wird nicht einfach. Erst einmal freue ich mich aber auf meine Kinder. Die können für die ganze Geschichte ja schließlich nichts. Hoffentlich haben sie ebenfalls eine schöne Zeit gehabt."

An der Raststätte setzen wir uns erst einmal hin, trinken Kaffee und reden. Oder anders gesagt, Laura will mich erneut aushorchen. Diesmal wird der Spieß aber umgedreht.

„Wann siehst du Francis wieder? Ist es was Ernstes zwischen euch oder nur ein Urlaubstechtelmechtel?", fange ich an.

„Ich denke, es ist ernst. Er berührt mich nicht nur körperlich, sondern auch im Herzen", erläutert sie betreten. „Ich weiß allerdings nicht, wann wir uns wiedersehen. An den Wochenenden muss er häufig arbeiten, gerade im Moment. Und unter der Woche, naja, da arbeite ich." Stille entsteht für einen kurzen Augenblick. „Aber wir wollen uns wiedersehen. Irgendwas ist auch mit seiner Ex-Freundin, aber das will er mir noch nicht erzählen. Er ist nur etwas vorsichtig seit der letzten Beziehung. Vielleicht kommst du ja auch noch einmal mit." Laura grinst mich verschmitzt an.

„Wir müssen weiter." Ich versuche, abzulenken, und das merkt man auch.

Die letzte Stunde Autofahrt versucht sie mich, so gut es geht, mit anderen Dingen zu beschäftigen: Mit unserem Chef, den Kollegen, Francis, mit allem, was ihr einfällt. Aber es gelingt ihr nur bedingt. Meine Gedanken kreisen nur um eins. Wie soll ich es Greg sagen oder soll ich es ihm überhaupt sagen und wenn ja, wann? Laura zu Hause abgesetzt, fahre ich weiter nach Hause. Mit jedem Kilometer wird der Kloß in meinem Hals größer. Den Wagen kaum geparkt, wird die Tür schon aufgerissen und Kai kommt aus der Haustür gerannt.

„Mamaaaaaa!" Mit einem einzigen Satz springt er mir in die Arme.

„Uff. Nicht so stürmisch!" Er rennt mich fast um.

„Ich habe dich so vermisst, obwohl es cool war, mal ein paar Tage bei einem Freund zu schlafen. Ich habe dir so viel zu erzählen." Es hat sich nichts geändert, das Mundwerk steht noch immer nicht still.

„Soll ich dir tragen helfen?"

Verwirrt blicke ich auf. Greg steht ein paar Meter weiter und blickt mich verschämt an. Noch nie hat er mir von sich ausgeholfen, die Sachen reinzutragen. Ich muss immer lange nörgeln, wenn mir mal etwas zu schwer ist und ich Hilfe benötige. Auch dann wird es nur unter Protest, Gemecker und irgendwelchen frauenfeindlichen Sprüchen getan.

„Danke, der Koffer wäre toll." Ich merke, wie ich stottere. „Kannst du den vielleicht nehmen?"

Bevor ich reagieren kann oder weiß, was hier passiert, nimmt er mich in den Arm und drückt mich ganz fest an sich. Oh je, weiß Greg Bescheid? Ne, dann würde er sicherlich anders reagieren. Mein schlechtes Gewissen wächst nun noch mehr, wenn das überhaupt noch möglich ist. Wie lange wir so dastehen, ich weiß es nicht. Es kommt mir wie eine Ewigkeit vor. Karlas Stimme reißt mich aus meinen Gedanken und Greg von mir.

„Mama! Ich hoffe du hattest ein schönes langes Wochenende, du musst mir alles erzählen! Kommt Marta uns mal besuchen?" Greg knirscht bei dieser Frage mit den Zähnen, die Antipathie ist wohl nicht verflogen.

„Ich erzähle dir alles, Spatz, aber erst später. Lasst mich erstmal reinkommen. Ich bin ja noch nicht mal bis zur Tür gekommen."

Ich muss etwas lachen. Die Stimmung ist gelöst, aber etwas künstlich. Greg trägt indes meinen Koffer rein und ich gehe, samt Kindern, ins Haus. Mich trifft fast der Schlag. Ich habe befürchtet, einen Dreckstall vorzufinden, stattdessen ist es so, wie ich es verlassen habe. Sogar frische Blumen stehen auf dem Küchentisch.

„Für dich."

Greg schaut verlegen zu Boden. Mir bleiben die Worte im Hals stecken. Blumen? Wann habe ich zuletzt Blumen bekommen? Seit wann verschenkt Greg Blumen? Nicht einmal zum Geburtstag oder zum Hochzeitstag bekomme ich sonst welche.

„Danke", bringe ich gerade so hervor.

Mehr fällt mir nicht ein. Himmel, es ist mein Ehemann und wir stammeln uns an. Er spürt, dass was nicht stimmt, das merke ich. Auch Karla schaut verwirrt zwischen uns hin und her, nimmt ihren Bruder an die Hand und zieht ihn hinter sich her.

„Hast du die Tage genossen?" Er versucht eindeutig, Konversation zu betreiben.

„Greg ich", weiter komme ich nicht.

Schnell kommt er zu mir rüber, nimmt mich fest in den Arm und küsst mich. Eine Träne tropft auf meine Wange. Sie stammt von Greg. Er ahnt es also. Aber warum schimpft und tobt er nicht. Warum werde ich nicht angeschrien und mit Vorwürfen überschüttet. So ist das nicht fair. Ich habe ein Donnerwetter erwartet, wie ich es auch verdient habe, keinen Ehemann der plötzlich seine Gefühle entdeckt hat. Er küsst mich leidenschaftlich und hält mich ganz fest. Wann hat er mich das letzte Mal so festgehalten und leidenschaftlich geküsst? Hat er das jemals?

„Ich will es nicht wissen. Ich bin nur froh, dass du wieder da bist. Die Kinder haben befürchtet, dass du dableibst", flüstert Greg.

„Die Kinder oder du?" Ich kann es kaum fassen.

„Beides", gibt er zu.

Es wird ein langer Abend. Die Kinder horchen mich aus und wollen jede Einzelheit von meinem Wochenende wissen. Greg sitzt stumm mit uns am Tisch und hört zu. Kein Fernseher läuft, keine Zeitung liegt vor ihm, in der er seine Nase steckt. Das ist mir zu unheimlich. Wo ist mein Mann und was ist mit ihm geschehen? Ich traue dem Frieden nicht und habe diesen auch nicht verdient. Nach langen Gesprächen mit den Kindern und einem netten Abendessen, welches sie vorbereitet haben, bringe ich Kai ins Bett und Karla geht auf ihr Zimmer.

„Greg, ich muss …"

Weiter komme ich nicht. Er legt seine Finger auf meine Lippen und guckt mir eindringlich in die Augen.

„Nicht reden, Anna!", raunt er mir zu.

Meine Augenbrauen huschen nach oben. „Okay", nuschele ich unter seinem Finger hervor.

Ein kleines Lächeln erscheint auf seinem Gesicht und er zieht mich hinter sich her, ins Schlafzimmer. Ein dicker Kloß setzt sich in meinem Magen fest, ich wage kaum zu atmen. Nein, das ist jetzt nicht sein Ernst!

„Greg ich", beginne ich erneut im Versuch, ihm zu erklären.

Doch auch dieses Mal darf ich nicht ausreden. Er dreht sich schnell zu mir um und küsst mich erneut. Himmel noch eins, so oft haben wir uns im ganzen Jahr nicht geküsst. Stöhnend guckt er mir in die Augen.

„Nein, Anna, ich will nicht wissen, was gewesen ist. Ich bin ein schlechter Ehemann gewesen und egal, was du angestellt hast, ich WILL ES NICHT WISSEN!" Greg brüllt schon fast. „Denn dann müsste ich handeln oder darüber nachdenken, und das will ich nicht", setzt er kleinlaut hinzu.

Mir stockt der Atem. Eine Träne rinnt mir die Wange runter. Dann noch eine und dann ganz viele. Greg wischt diese mit einer Hand weg und küsst mich leidenschaftlich. Langsam zieht er erst mich aus, dann sich. Ganz langsam und vorsichtig. So kenne ich ihn gar nicht. In mir arbeitet es. Was ist hier passiert? Was ist hier los gewesen, als ich weg war? Genießen, fallen lassen und mich ihm hingeben, kann ich gerade nicht. Es ist nicht daran zu denken. Zu groß ist mein schlechtes Gewissen. Ich habe Greg betrogen, mehrfach, in einer Nacht. Mir hallen Lauras Worte im Kopf wider. *Das gilt nur als einmal, Anna! Ist ja nur eine Nacht gewesen.* Ähm ja, auch einmal ist einmal zu viel.

Ich sollte aufhören, darüber nachzudenken. Greg gibt sich solche Mühe, zärtlich zu sein, und ich kann nicht aufhören, darüber nachzudenken. Was bin ich für eine schreckliche Ehefrau?! Erst gehe ich mehrfach fremd, der Ehemann will das nicht einmal wissen und ist zärtlicher denn je. Und ich, was mache ich? Ich kann die Zärtlichkeit nicht genießen, die er mir geben möchte. Wut steigt in mir auf. Ich bin wütend auf mich, aber auch auf Greg, dass er das einfach so hinnimmt. Er ist doch sonst nicht so ein Weichei. So ist er doch vorher nicht gewesen. Er tobt doch sonst und maßregelt mich wegen jeder Kleinigkeit.

„Schluss!" Ich schreie auf und springe unter ihm weg.

Schwer atmend schaut er mich an. „Was? Was habe ich falsch gemacht?" Seine traurigen Augen gucken mich entgeistert an.

„So geht das nicht, man kann nicht alles mit Sex reparieren!" Schluchzend lasse ich mich auf das Bett sinken und weine, eher gesagt, ich heule bittere Tränen. Greg ist damit sichtlich überfordert. Mit weinenden Frauen hat er noch nie was anfangen können.

„Was soll ich denn tun, Anna. Sag es mir." Greg ist sichtlich verzweifelt. Eine unheimliche Stille entsteht.

„Warum tust du das, Greg? Warum?" Ich will es verstehen.

„Das ist doch das, was du willst, oder nicht?", flüstert er. „Ich will dich nicht verlieren, Anna. Ich habe nachgedacht, als du nicht da warst. Viel und lange. Ich will dich nicht verlieren", versucht Greg mir zu erklären.

„Ich kann so nicht weitermachen Greg, zu viel ist inzwischen passiert."

Meine Tränen fließen immer noch. Wortlos nimmt er sein Bettzeug und stampft mit gesenktem Kopf raus. Nun habe ich ihn noch mehr verletzt. Was bin ich nur für eine schreckliche Ehefrau. Wie kann er mich nur lieben?

KAPITEL 17

Meine Tränen versiegen noch lange nicht. Eigentlich hätte ich inzwischen vertrocknet sein müssen. So viel habe ich schon lange nicht mehr geweint. Greg bringt mich in unserer Ehe öfter mal zum Weinen, aber ich achte stets darauf, dass er das nicht mitbekommt. Leise laufen mir dann immer die Tränen über die Wangen und ich schniefe mich in den Schlaf. Er bekommt es nie mit, da er ja später als ich ins Bett geht. Bis dahin bin ich längst erschöpft vom Tag und vom Weinen eingeschlafen. Am nächsten Tag tue ich so, als wenn nichts gewesen ist und alles beginnt von vorne. So will und kann ich aber nicht mehr weitermachen! Ich habe mich an diesem Wochenende so lebendig gefühlt wie lange nicht mehr. Geliebt, begehrt und geschätzt. Das Gefühl gibt Greg mir nicht. Was soll ich nur tun!

***

„Anna, du bist da." Johns liebevolle Augen schauen mich an, während seine Finger meine Wange streicheln.

„Es ist nicht richtig, was machen wir. Wir zerstören unsere Familien", fange ich erneut an.

„Meine Ehe existiert schon lange nicht mehr."
John will meine Einwände nicht hören. Ich kann
ihm nicht in die Augen schauen, ich würde
zerschmelzen und wieder schwach werden.

„Sagt deine Frau das auch?"

Er zuckt zusammen. „Laura? Ich weiß es nicht.
Sie hat uns vor kurzem, ohne ein Wort zu sagen,
einfach verlassen. Lisa ist am Boden zerstört
gewesen. Deshalb hat sie dir so am Rockzipfel
gehangen."

Seine Finger streicheln immer noch über meine
Wange und ich genieße es. Eine leichte
Gänsehaut überkommt mich. Wieso kann ich
seine Nähe genießen, aber Greg seine nicht. Was
bin ich für eine Ehefrau? Seine Lippen berühren
meine Wange, zaubern einen Kuss dorthin, wo
gerade noch seine Finger langgefahren sind.
Diese gleiten langsam an meinem Hals herunter
und bahnen sich ihren Weg zur Brust. Mein Atem
geht schneller und ich spüre dieses verdächtige
Ziehen in meinem Unterleib. Oh nein, das darf
doch nicht wahr sein. Haben Kerle denn nichts
anderes im Kopf? Okay, ich scheinbar auch nicht.
Seit wann bin ich so unersättlich? In den letzten
Jahren hatten wir eher spärlich Sex, was
hauptsächlich, naja, eigentlich nur meine Schuld
ist.

„Stopp!"

Ich schreie und John hört abrupt auf, mich zu liebkosen. Bin ich eigentlich von allen guten Geistern verlassen? Zwei Männer wollen mich verwöhnen und liebkosen und ich stoppe sie. Alle beide! Ich muss bescheuert sein. Verwirrt schüttle ich den Kopf, John schaut mich schwer atmend an.

„Ich verstehe es nicht, erkläre es mir", raunt er mir ins Ohr.

„Das kann ich nicht, aber das hier, es ist falsch John. So sehr es mir auch gefällt, es ist falsch." Mein Blick gleitet zu Boden. „Ich muss nachdenken. Das war unser letztes Treffen hier im Garten. Ich werde nicht wiederkommen."

Zum Abschied gebe ich ihm einen vorsichtigen Kuss auf die Wange und verschwinde. John lasse ich mit gesenktem Kopf alleine. Ich muss mir über meine Gefühle klar werden und das, ohne dass John mich in unseren Träumen verführt. Auch wenn es mir schwerfällt. So schön ist das Gefühl, welches er in mir entfacht. So lebendig habe ich mich ewig nicht mehr gefühlt.

***

Ich strecke die Hand zu Gregs Seite aus. Sie ist kalt, eiskalt, er hat im Wohnzimmer geschlafen.

Erneut rinnen mir Tränen über die Wange. Das habe ich nicht gewollt. Was bin ich nur für eine grässliche Ehefrau. Dieser Morgen ist die Hölle und ich ihr Teufel. Genau so muss es sein. Schwer atmend bin ich aufgewacht und rieche überall nach John. Oh Gott, das ist ein Fluch, anders kann es nicht sein. Ich bin verflucht! Noch einmal atme ich seinen Duft aus meinem Haar ein, dann stelle ich mich fix unter die Dusche, unter eine sehr kalte Dusche. Warm wird nichts bringen und wäre viel zu angenehm. Ich schaudere. Kalt zu duschen, ist grausam. Selbst für eine so schlechte Ehefrau wie mich ist das eine zu harte Strafe. Schnell stelle ich das Wasser wärmer, halb kalt muss reichen.

Als ich in die Küche komme, riecht es schon nach Kaffee. Moment mal, Kaffee? Ich stocke. Auch der Frühstückstisch ist reichlich gedeckt. Habe ich was verpasst? Verschlafen? Verwirrt blicke ich auf die Uhr, ne ich bin noch früh genug dran und Greg hat noch nicht aufstehen müssen.

„Guten Morgen, mein Herzblatt, ich hoffe du hast gut geschlafen", werde ich empfangen und bekomme von Greg einen Kaffee gereicht.

„Herzblatt? Greg, lass das Saufen am frühen Morgen", entgegne ich verwirrt.

„Ich saufe nicht. Dann eben, hier nimm deinen

Kaffee", antwortet er geknickt. Ah okay, das klingt schon eher nach meinem Mann.

„Danke." Verwirrt bin ich trotzdem.

„Anna, ich weiß, dass ich kein guter Ehemann gewesen bin und das, was auch immer passiert ist, meine Schuld ist", fängt Greg an.

„Greg …" Ich versuche noch einmal, dazwischen zu sprechen. „Nein, Anna, noch mal. Ich will es nicht wissen, es ist besser, wenn ich nicht weiß, was oder ob was passiert ist. Ich will nicht darüber nachdenken müssen." Bei den letzten Worten schüttelt er kräftig den Kopf. „Ich möchte, dass du weißt, dass ich um dich kämpfe und dich nicht einfach aufgebe. Ich werde mich bessern und damit auch ein besserer Ehemann sein. Aber du darfst mich nicht verlassen, versprich es mir!"

Mit gesenktem Kopf steht Greg vor mir. Ich komme mir vor wie in einem dieser Comics, in denen die Figur so überrascht ist, dass die Kinnlade bis zum Boden fällt. Genauso fühle ich mich gerade und meine Kinnlade schlägt gedanklich auf dem Fußboden auf. Wer ist der Mann vor mir? Das habe ich noch nie aus dem Mund meines Mannes gehört. Er liebt mich wirklich. Das wird mir gerade schmerzlich bewusst. Er liebt mich wirklich! Diese Erkenntnis macht die ganze Sache allerdings nicht gerade leichter. Himmel, mein schlechtes Gewissen ist inzwischen so immens groß, größer als Gregs Ego jemals gewesen ist. Und das ist, vor meiner Fahrt, schon sehr, sehr groß gewesen, inzwischen allerdings nicht mehr.

Betrübt erledige ich, wie immer, den Haushalt. Nachdem ich meine Familie verabschiedet habe, setze ich mich in die Küche an den Tisch und weine los. Greg liebt mich und hat mich immer geliebt, John aber ebenso. Zwei Männer, die unterschiedlicher nicht sein können, werben um mich. Ich komme mir vor, wie in einem meiner Liebesromane, die ich so gerne lese. Nur, für wen soll ich mich entscheiden?

EPILOG

Ein paar Wochen ziehen ins Land und der Alltag hat mich schon längst wieder eingeholt. Greg ist längst nicht mehr so führsorglich wie nach meiner Reise, aber immerhin auch nicht mehr so wie davor. Ab und zu verfällt er noch ins alte Muster, aber sobald ich ihn höflich darauf hinweise, stöhnt er zwar, macht aber den Fernseher aus oder legt die geliebte Zeitung beim Essen zur Seite. Wir unternehmen wieder mehr als Ehepaar, gehen Essen oder ins Kino. Wir lachen wieder zusammen und haben Spaß im Bett. Er ist fürsorglicher geworden, mir und den Kindern gegenüber.

Ich weiß nicht, was in meiner Abwesenheit vorgefallen ist, aber das Verhältnis zwischen Greg und Karla ist besser geworden. Sie reden viel miteinander und haben Spaß zusammen. Sogar mit Duster kommt Greg gut zurecht. Mit Kai ist es noch nicht ganz so harmonisch, aber Greg bemüht sich. Er hört ihm sogar beim Geigespielen zu. Und das soll schon was heißen. Greg hasst die krummen Töne, die teilweise rauskommen, und verzieht regelmäßig das Gesicht, wenn Kai es nicht mitbekommt. Ich muss dann immer sehr lachen.

Eines Tages umarmt Karla ihren Vater sogar. Mir geht das Herz auf und mir wird klar, ich kann ihn nicht verlassen! Nicht wegen einer Jugendliebe, mit der ich eine schöne Nacht hatte. Wir sprechen nicht mehr über meine Reise, nur Laura stichelt immer noch gerne. Mit Martha hielt ich den Kontakt bei, was Greg nicht gut findet, was mir aber egal ist. Sie ist und bleibt meine beste Freundin, egal wie viele Kilometer zwischen uns liegen. John sehe ich zunächst nicht wieder. Ob ich nochmal zu Marta zum Geburtstag fahre, weiß ich noch nicht. Sicher noch nicht nächstes Jahr. Ich vermeide es, von ihm zu träumen, auch wenn ich manchmal das Gefühl habe, ein unsichtbares Band will mich an „unseren Platz" ziehen. Aber auch dieses Gefühl wird irgendwann schwächer werden. Nun ist es an der Zeit, meine Ehe und mein Leben weiterzuleben.

Meinen Job kündigte ich, zu sehr sind mir mein Chef und das ewige Genörgel der Kollegen zuwider. Ich fand, eher durch Zufall, einen neuen Job. Ein Geschäftspartner meines alten Chefs hat es wohl als richtig empfunden, wie ich diesem den Kaffee über die Hose goss, als dieser sich mal wieder abfällig über Frauen und ihre angebliche „Dummheit" ausgelassen hat. Er lächelte mich daraufhin an, klatschte in die Hände und stellte mich mit den Worten, „Sowas Taffes brauche ich!", sofort ein, mit deutlich mehr Gehalt. Immer noch muss ich lächeln, wenn ich an diesen Tag zurückdenke:

Das alles ist passiert, weil ich mal wieder Botengänge für meinen Chef habe erledigen müssen, wichtige Dokumente kopieren und zu allem Überfluss auch noch seinen Anzug aus der Reinigung holen. Mir hat es gewaltig gestunken, aber wir haben das Geld gebraucht. An Kündigung ist damals nicht zu denken gewesen. Also habe ich mir die kleinen „Nettigkeiten" meiner Kollegen und des Chefs gefallen lassen und mal mehr, mal weniger still die Nase gerümpft oder das Gesicht verzogen. Laura hat darüber nur den Kopf geschüttelt. Sie hat mir zwar beigestanden, aber nicht großartig helfen können. Ich habe auf der Mobbingliste ganz oben gestanden und ich habe nicht gewollt, dass sie sich zu mir gesellt. So bin ich eines Tages abgehetzt ins Büro gekommen, da mein liebreizender Chef mich von Pontius zu Pilatus geschickt hat, um seinen Anzug abzuholen. Leider hat er den Zettel der Reinigung nicht mehr gefunden. Somit habe ich erst einmal herausfinden müssen, zu welcher Reinigung er ihn denn überhaupt gegeben hat. Dies hat sich ohne Zettel als sehr schwierig herausgestellt.

Ich bin also mehr als genervt und abgehetzt, aber zumindest mit seinem frisch gereinigten Anzug, zurück ins Büro gekommen. Etwas unsanft bin ich in sein Büro gestürzt, da dieses eigentlich hat leer sein sollen. Das ist leider nicht der Fall gewesen. Mich hat ein nackter Chefhintern empfangen, der sich vor seinem Schreibtisch verdächtig hin und her bewegt hat. Mir ist schlagartig schlecht geworden. Entsetzt hat er sich umgedreht, mich angeschrien und meine Kollegin ist rot angelaufen. Sie ist ebenso verheiratet wie mein Chef. Ich habe mich entsetzt umgedreht, fluchtartig den Raum verlassen und die Tür schnell hinter mir zugezogen. Diesen Anblick hat ja kein anderer mit ansehen müssen und ich würde den so schnell nicht aus meinem Kopf bekommen.

Ich habe mich erstmal um meinen Kram gekümmert, den Konferenzraum hergerichtet, was eigentlich meine Kollegin hätte tun sollen, die sichtlich etwas Besseres zu tun gehabt hat. So bin ich nicht komplett fertig geworden, bevor die Konferenzteilnehmer eingetroffen sind. Ich bin noch aufgebracht hin und her gelaufen, habe das Geschirr und die Blumen auf dem Tisch sortiert, als sich der Raum immer mehr gefüllt hat.

„Bitte setzen sie sich schon mal. Meine Mitarbeiterin hat es sicherlich auch gleich geschafft, hier mal alles herzurichten."

Er hat mich böse angefunkelt und meine Laune ist noch mehr als zuvor schon gesunken. Ich habe ziemlich tief durchgeatmet, um nichts Böses zu erwidern. Ein letztes Mal bin ich noch mit Keksen und Kaffee hereingestiefelt, als ein Satz das Fass zum Überlaufen gebracht hat.

„Na endlich hat sie es geschafft. Den halben Tag braucht sie, um meinen Anzug aus der Reinigung zu holen. Dabei hat sie noch so viele Aufgaben. Versucht sich wohl zu drücken. Aber was erwarte ich auch von einer Halbtagskraft und einem Hausmütterchen. Die sind doch nur für das Eine gut."

Sein aufgezogenes Lachen hat in meinem Kopf gedröhnt und in den Ohren habe ich meinen Puls rasen gehört. Da ist mir mein Geduldsfaden endgültig gerissen.

„Nur, weil sie kleinkariertes Arschloch zu doof sind, einen kleinen Zettel aufzubewahren, muss ich den halben Vormittag durch die Stadt tigern und ihren Anzug suchen! Und nur, weil ich sie beim Vögeln mit Frau Petry erwischte und sie scheinbar nicht mehr zum Schuss kamen, müssen sie mich nun nicht bloßstellen! Sie sind ein frauenfeindliches, kleinkariertes, blödes Arschloch!", brüllte ich ihn an. Die Tasse Kaffee, welche ich gerade noch in der Hand hielt, schüttete ich ihm kurzerhand über den Schoß.

Stille hat sofort im Raum geherrscht, bevor ich ein herzhaftes Lachen hinter mir gehört habe.

„Sowas Taffes brauch ich! Sie sind doch jetzt verfügbar?!"

Ich bin so baff gewesen, ich habe ja mit vielem gerechnet, aber nicht damit, dass mir ein Job angeboten werden würde, wenn ich meinem alten Chef Kaffee über die Hose schütte. Ein Blick in das Gesicht meines Chefs hat mir verraten, dass ich verfügbar gewesen bin, selbst wenn ich nicht gekündigt hätte. Mein neuer Chef hingegen hat mich freundlich angelächelt, mir die Hand gereicht und ist mit mir rausgegangen.

„Mama, Mama!" Lisa läuft ihrer Mutter entgegen und springt ihr überschwänglich in den Arm. Jana weiß nicht so recht, wie sie damit umgehen soll, das sehe ich. Auch ich weiß nicht, wie ich Jana begegnen soll. Viel ist in ihrer Abwesenheit passiert. Und damit meine ich nicht nur die Nacht mit Anna. Ich habe mich inzwischen mit der Rolle als alleinerziehender Vater angefreundet. Mein Chef lässt mich nachmittags von zu Hause arbeiten, sodass ich mich um Lisa kümmern kann. Und Lisa ist ein Schatz. So quirlig sie auch ist und so viel Aufmerksamkeit sie auch gerne haben möchte, wenn ich arbeiten muss, geht sie lieb spielen oder malen. Von allen Seiten wird mir Hilfe angeboten. Eine Mutter von Lisas Freundin hat mir sogar angeboten, das Haus sauber zu halten und regelmäßig zum Putzen zu kommen. Na was glaubt die denn, wer das vorher gemacht hat? Ich habe höflich abgelehnt und sie ist leicht pikiert gewesen. Nun steht Jana wieder reuevoll vor mir und Lisa drückt sich an sie. Sie liebt ihre Mutter, auch wenn sie keine so gute Bindung zu ihr hat wie zu mir. Aber sie ist und bleibt ihre Mutter. Ich seufze und denke an den liebevollen

Umgang von Anna mit Lisa zurück. Lisa braucht eine weibliche Bezugsperson, sie braucht ihre Mutter.

„Darf ich reinkommen?" Jana reißt mich aus meinen Gedanken.

„Ja, natürlich, es ist ja auch dein Haus." Ich höre mich etwas genervt an, dabei will ich das gar nicht. Lisa lässt Jana nicht aus den Augen. Die ganze Zeit hängt sie ihr am Hosenbein. „Möchtest du einen Kaffee?", frage ich sie wie eine Besucherin.

Was ist mit mir los? Jana fällt es ebenfalls auf, sie guckt betreten zu Boden.

„Ja, gerne."

Verlegen setzt sie sich an den Küchentisch und ich muss schlucken. Es ist ja auch ihre Küche und sie verhält sich hier wie eine Fremde.

„Mama, soll ich deine Sachen holen? Bleibst du jetzt hier? Wo warst du? Du verlässt uns doch nicht wieder, oder?"

In Lisas Worten hört man die Angst und in ihren Augen sammeln sich Tränen. Jana guckt mich traurig an.

„Darf ich meine Sachen holen, John?"

Als wenn ich hier das Problem wäre, als wenn ich sie rausgeworfen hätte! Sie hat es echt drauf, aus mir den Buhmann zu machen. Das war schon früher so. Wut steigt in mir auf. Erst verlässt sie uns vor Wochen und nun taucht sie hier in aller Seelenruhe wieder auf und fragt mich, ob sie ihre Sachen holen darf. Jana kann froh sein, dass die Kleine dabei ist, sonst würde ich meine gute Erziehung vergessen und ihr das Letzte zuerst sagen!

„Wir müssen reden, Jana, aber deine Sachen kannst du holen und erst einmal ins Gästezimmer bringen."

Jana in unserem Ehebett zu sehen, in dem ich vor kurzem noch mit Anna gelegen habe, soweit bin ich noch nicht. Das kann ich noch nicht. Ich muss erst einmal mit Jana reden und mir klar werden, was ich will und wen ich will. Anna hat mir unmissverständlich mitgeteilt, dass sie keinen Kontakt mehr wünscht. Sie hat sich für ihren Mann entschieden. Auch im Traum treffe ich sie nicht mehr. Mehrfach habe ich es versucht, habe mich an unseren Ort geträumt und gehofft, sie kommt auch, aber sie kommt nicht mehr. Ich habe Anna gerufen, sie versucht, an unseren Ort zu wünschen, wie früher, aber es klappt nicht mehr. Sie kommt nicht. Das Band ist durchtrennt. Ich werde sie aufgeben und mir über meine Gefühle für Jana klar werden müssen, alleine schon Lisa zuliebe. Die Kleine bedeutet mir alles,

mehr als ich mir selber. Für sie würde ich alles
tun.

„Karla! Wo steckst du?" Mann, wo ist sie schon wieder? Es ist schon fast 10 Uhr und ich habe immer noch keinen Kaffee! Sowas kann ich ja gar nicht ab, ohne Frühstück habe ich schlechte Laune! „Karla, verdammt!" Mit der werde ich erst mal ein ernstes Wörtchen reden.

Gemütlich schlappt Karla die Treppe herunter. „Was denn?", mault sie.

Ist die etwa genervt? Das darf ja wohl nicht wahr sein, wenn hier einer genervt ist, bin ich das.

„Wo bleibt mein Frühstück? Hier ist ja nichts gedeckt und nicht einmal Brötchen hast du geholt. Und gucke dir mal an, wie die Küche aussieht. Der reinste Saustall!", meckere ich Karla an.

Karlas Augenbrauen schnellen nach oben. „Dann wirst du deinen Dreck wohl wegmachen müssen, damit du da frühstücken kannst."

Und schon dreht sie sich um und geht. Verwirrt gucke ich ihr hinterher. Wie, sauber machen? Ich habe in all den Jahren nicht sauber gemacht und werde jetzt bestimmt nicht damit anfangen! Die spinnt wohl!

„Karla!" Entnervt renne ich hinter ihr her und bleibe abrupt vor ihrem Zimmer stehen. Eine männliche Stimme höre ich durch die Tür.

„Was wollte der Herr denn?"

Der Herr? Meint der Rotzlöffel von Freund, wie heißt er noch gleich, etwa mich?

„Ach, der meint wohl, ich spiele Hausmütterchen und mache dem gnädigen Herrn das Essen und räume den Saustall in der Küche auf, den er gestern hinterlassen hat. Das kann er schön selber machen. Ich bin da nicht so wie meine Mutter. Sie ist einfach zu gut für ihn."

Das ist Karla, die da spricht. Nun reicht es aber, spinnt die? Mit dreizehn so über ihren Vater zu reden, oder vierzehn? Wie alt ist Karla noch gleich? Etwas pikiert gehe ich nach unten in die Küche. Geschirr stapelt sich auf der Arbeitsfläche, die Reste sind schon angetrocknet. Mehrere leere Weinflaschen stehen auf dem Tisch, etwas Wein ist sogar auf den Boden getropft. Ich habe es mir gut gehen lassen gestern Abend. Seufzend setze ich mich und betrachte die Kaffeemaschine. Dann mache ich mir eben selber einen, das kann ja so schwer nicht sein. Die Frauen kriegen das ja auch hin!

Bah, ist das ekelig. Warum ist da so wenig Kaffee in meiner Tasse und warum ist der so stark? Ich schüttle mich. Schmeckt ja widerlich das Zeug, das kann ja kein Mensch trinken.

„KARLAAAAAA!", brülle ich entnervt die Treppe hinauf. „Die Kaffeemaschine geht nicht. Weißt du, wie die geht?!" Mit verschränkten Armen erwarte ich die beiden vor der Kaffeemaschine.

„Greg, das ist nicht dein Ernst." Ein Grinsen steht ihr und ihrem dümmlichen Freund ins Gesicht geschrieben. Wie heißt er noch gleich? „Wassertank auffüllen. Was fällt dir dazu ein? Was kann damit gemeint sein?" Frech grinst Karla mich bei den Worten an.

„Wie sprichst du eigentlich mit mir? Mach mir ein ordentliches Frühstück, aber fix!"

Schmollend setze ich mich auf meinen Platz. Ich will doch nur ein leckeres Frühstück und einen großen Kaffee. Das kann doch nicht so schwer sein, verdammt.

„Das wirst du dir wohl selber machen müssen. Ich bin nicht deine Angestellte und auch nicht Mam", motzt sie zurück.

„Ne, das merke ich." Ich werde langsam echt ungehalten.

„Dann solltest du dich vielleicht mal bewegen und den Dreck hier wegmachen. Sonst kannst du gar nicht frühstücken. Ich mache es auf jeden Fall nicht und ich mache dir auch kein Frühstück", bemerkt sie schnippisch, nimmt ihren Freund an die Hand und geht.

Das dümmliche Grinsen verschwindet nicht von seinem Gesicht. Wie heißt dieser Kerl noch gleich? So langsam werde ich aber wütend. Ich habe immer noch keinen Kaffee und warum das so ist, hat Karla mir auch nicht gesagt.

„Wassertank auffüllen", wiederhole ich.

Ja, das steht da. Aber wie um Herrgottsnamen bekommt man das Ding da raus? So schwer kann das doch nicht sein, meine Frau bekommt das ja schließlich auch hin. Ernst schaue ich mir die Maschine an, bis ich endlich kapiert habe, dass ich den Wassertank einfach abziehen kann. Oh je, wie peinlich, einfacher geht es gar nicht. Das hätte Karla mir aber auch mal sagen können! Endlich, einen Kaffee.

„Schublade leeren." WAS? Was soll das denn sein? Welche Schublade denn zum Teufel? Ich sollte mir die Anleitung mal durchlesen, danach zu fragen, gebe ich mir nicht noch einmal.

Langsam schlürfe ich meinen Kaffee und lese meine Zeitung. Mein Magen knurrt. Im Kühlschrank ist genügend Aufschnitt, sogar meine Lieblingswurst hat Anna besorgt. Hat wohl ein schlechtes Gewissen gehabt, die Gute, dass sie mich hier so alleine lässt. Schmollend verschränke ich die Arme vor der Brust. Nur weil ihre Martha, die mich eh nicht mag, Geburtstag hat. Pfff. Nur deshalb muss ich hier mit den Kindern alleine sein. Kinder? Ne, nur Karla. Wo ist Kai noch gleich? Was hat sie gesagt? Ich hätte ihr mal zuhören sollen. Irritiert blicke ich immer noch in den Kühlschrank. Kai, ja wo ist der eigentlich. Hm, genervt schlage ich die Kühlschranktür wieder zu.

„Karla, wann holst du denn nun Brötchen?", brülle ich erneut die Treppe hoch.

„GAR NICHT! Aber wenn du eh losfährst, bring mir zwei Sesam- und zwei Sonnenblumenbrötchen mit, bitte", schallt es von oben herunter.

Hä? Wie jetzt. Ich? Murrend ziehe ich mich an, fahre los und hole Brötchen. Sind alle irre in dem Haus im Moment. Alle irre. Haben die zu viele Emanzen-Filme geschaut oder was haben die Weiber auf einmal? Zu Hause ist noch nicht einmal der Tisch gedeckt, als ich zurückkomme.

„Karla, du hättest wenigstens den Tisch decken können, wenn ich schon Brötchen hole!", bemerke ich genervt.

„Klar, genauso wie du das auch am Wochenende immer tust, wenn Mam die Brötchen holt", kontert Karla.

1:0 für Karla.

Murrend decke ich nun auch noch den Tisch. Alle irre hier, ich sage es ja.

„Kochst du wenigstens die Eier?" Bittend schaue ich sie an.

„Ich mach schon, Schnecke, gib mir mal den Topf."

Ihr Freund, wie ist noch sein Name, ich komme gleich drauf, lächelt Karla an. Sie gibt ihm schmachtend den Topf. Himmel, wie ihre Augen leuchten, das ist ja nicht auszuhalten hier. Was eine Herzchenstimmung, so ein Romantiker.

„Wenn du jetzt auch noch draußen Blumen pflückst und die in eine Vase stellst, fliegst du raus", brummle ich.

„Sowas sollten Sie mal machen, könnte nicht schaden." Angriffslustig schaut er mich an.

Alle irre hier, sogar die Kerle drehen durch! „Ne, lass mal, das ist eher was für Weicheier." Ha, nun habe ich es ihm aber gegeben. Triumphierend starre ich zurück.

„Wenn Sie meinen, die Frau zu verwöhnen, die man liebt und die sich jeden Tag den hübschen Hintern für einen aufreißt, hat was mit Weicheisein zu tun, dann bin ich wohl eins. Und das bin ich dann übrigens gerne."

2:0

Gekonnt legt er die Eier in das kochende

Wasser und stellt die Uhr ein. Das hat er definitiv nicht zum ersten Mal gemacht. Ich schmolle und mir wird unbehaglich zumute. Karla strahlt förmlich, ihre Augen funkeln und sie kann kaum die Hände von ihm lassen. Mir vergeht gleich der Appetit. Schnell brauche ich noch einen Kaffee. Ha, den kann ich! Wassertank ist voll, die blöde Schublade habe ich auch inzwischen geleert, nun kann nichts mehr schiefgehen! Gekonnt drücke ich den Knopf.

„Noch jemand einen Kaffee?" Nichts passiert. Es ist nämliche keine Kaffeemaschine, wie ich gelernt habe, sondern das Ding heißt Vollautomat. Aha. Karla dreht sich grinsend um.

„Klar, wenn du das Ding in Gang kriegst, gern."

Jetzt platzt mir aber gleich die Hutschnur. Was will die blöde Maschine denn jetzt schon wieder?

„Bohnen nachfüllen." Großspurig ergreift Karlas Freund das Wort. „Hört man doch."

Karla kann sich nicht mehr halten vor Lachen.

„Jetzt reicht es mir aber, ihr seid in MEINEM Haus und benehmt euch als wäre es eures! Solange du deine …"

Weiter komme ich nicht. Karla baut sich vor mir auf und schaut mich schief an.

„Was willst du dann tun? Wie immer deine

schlechte Laune an uns auslassen? Mich anbrüllen und auf mein Zimmer schicken, wie damals als ich noch vier war? Oder Hausarrest verteilen? Na, was hättest du denn gerne?"

Mein Herz rast, mein Blutdruck ist auf 180. „Wie redest du mit mir? Bist du völlig übergeschnappt?" Mir fehlen die Worte, Karla hingegen nicht.

„Wie ich mit dir rede? So wie ich es schon längst hätte tun sollen, so wie Mam das schon längst hätte tun sollen. Du bist ein Tyrann Greg, ein Tyrann!"

Nun reicht es aber. „Ich bin dein Vater! Zügel deine Stimme", brülle ich zurück.

„Vater? Ne, als Vater würde ich dich weiß Gott nicht bezeichnen. Ein Vater spielt mit seinen Kindern, er unternimmt etwas mit ihnen. Er liest ihnen vor und hört ihnen zu. Wann hast du uns das letzte Mal zugehört? Wann hast du dich überhaupt mal für uns interessiert?", spuckt Karla mir die Worte schier ins Gesicht.

Mir fällt die Kinnlade herunter, mein Mund ist trocken. Ihr laufen Tränen über die Wangen und sie rennt die Treppe hoch.

„Gut gemacht, Superdaddy, nun haben Sie auch noch ihre Tochter zum Weinen gebracht und nicht nur Ihre Frau", blafft er mich an.

„Halt dich aus Familienangele… wie, meine Frau?" Nun bin ich total verwirrt, was weiß der Kerl schon von meiner Anna.

„Sie merken auch gar nichts." Kopfschüttelnd verlässt nun auch er die Küche.

3:0

Der Deckel vom Kochtopf hüpft verdächtig. Gedankenverloren hebe ich ihn hoch.

„Verdammt!" Mit Getöse fällt er zu Boden, er ist heiß, sehr heiß. Schnell halte ich die Hand unter kaltes Wasser. Was meint er damit? Mit rot verweinten Augen kommt Karla wieder runter. Siegessicher recke ich mein Kinn: „Na, da hast du dich aber schneller beruhigt als mit vier." Oh, oh, das hätte ich wohl nicht sagen sollen.

„Weißt du was? Ich hoffe, Mam verliebt sich bei Martha in einen anderen. Ich hoffe sie findet einen Mann, der sie zu schätzen weiß. Ich hoffe, sie findet einen Mann, der sie auf Händen trägt, wie sie es verdient hat und nicht nur so einen Macho wie dich. Ich hoffe, sie wird endlich glücklich und muss sich nicht dauernd in den Schlaf weinen, weil ihr ach so toller Ehemann sie mal wieder beleidigt hat!"

Es liegt so viel Verachtung in ihrer Stimme. Rums, meine Hand landet in Ihrem Gesicht. Verblüfft blickt Karla mich an. Genauso verblüfft bin allerdings auch ich.

„Was anderes kannst du nicht, oder? Schupsen, schlagen oder beleidigen! Was findet Mam nur an dir? Du hast sie nicht verdient", schluchzend brüllt sie mich an.

„Karla …", mir fehlen die Worte, „das wollte ich nicht."

Meine Stimme bricht. Wie kann ich nur? Bin ich wirklich so ein Scheusal? Hat sie recht? Frühstücken muss ich alleine. Karla stapft nach oben und ihr Freund schmiert ein paar Brötchen, dekoriert diese auf einen Teller und trottet mit einem Tablett hinterher. Er redet währenddessen kein Wort mit mir, guckt mich nur abschätzig an. Ich bleibe, mit all meinen wirren Gedanken, zurück.

Der Tag geht so weiter. Ich bringe die Mikrowelle fast zum Explodieren, weil unsere Teller einen Goldrand haben und das scheinbar keine gute Idee ist, diese in eine Mikrowelle zu stellen. Zumindest nicht, wenn man diese dann anmacht, um das Essen darin zu erwärmen. Die Küche muss ich komplett wischen, da die Spülmaschine leider übergelaufen ist, als ich Spülmittel anstatt so einem Tab da rein geschüttet habe. Von der Waschmaschine lasse ich lieber die Finger, wer weiß, was noch passiert, wenn ich sie anfasse. Genug Klamotten habe ich zum Glück noch im Schrank. Anna hat eigentlich an alles gedacht. Mein Lieblingsaufschnitt steht im Kühlschrank neben ein paar beschrifteten Dosen mit meinem Lieblingsessen: Tortellini in Sahnesoße, Nudelsalat, Rigatoni mit Speck …. Für jeden Tag hat sie mir ein Gericht vorbereitet. Ich muss es nur ohne Goldteller in die Mikrowelle stellen. Ja, da bin ich schon gescheitert. Die Kühlschranktür schlage ich wieder zu, schnappe mir mein Glas und die Weinflasche und verziehe mich vor den Fernseher.

Der Tag hat mich geschafft. Aber nicht nur der Tag, auch das, was Karla und ihr dümmlicher Freund gesagt haben, beschäftigt mich. Was, wenn Anna ihren Jugendfreund wieder trifft? Wie heißt er noch gleich? John. Ja ich glaube, John heißt er. Martha ist immer noch mit ihm befreundet, soweit ich weiß. Und von mir hält sie nicht sehr viel. Ihre Worte hallen in meinem Kopf wider. *Ich werde da sein, um dir den Todesstoß zu geben.* Nun laufen mir die Tränen über die Wangen. Ich bin all die Jahre so ein Depp gewesen! Ich habe eine Frau, die sich um alles kümmert und auch noch arbeiten geht. Und was mache ich? Ich sollte sie auf Händen tragen, ihr jeden Wunsch von den

Lippen ablesen. Soll das jetzt mein Todesstoß sein, von dem sie damals gesprochen hat? Was, wenn Anna gar nicht hingefahren ist, um Martha zu besuchen, sondern sich mit diesem Kerl trifft oder einem anderen? Ich muss was ändern. Das erste Mal in meinem Leben habe ich Angst, höllische Angst, sie zu verlieren. Karla hat recht, Anna hat etwas Besseres verdient. Ich werde mich dringend ändern müssen. Bei Karla fange ich an. Ja genau, bei ihr fange ich gleich morgen an.

Nach einer ziemlich bescheidenen Nacht voller wilder Alpträume mit irgendwelchen halbnackten Männern, die sich mit meiner Frau vergnügen, schleiche ich unter die Dusche. Diese Bilder bekomme ich so schnell nicht aus meinem Kopf. Ich schüttle mich. Anna hat mich im Traum angegrinst und laufend gestöhnt: „Sie sind viel besser als du!" Gruselig.

Dieses Mal läuft alles glatt. Die Kaffeemaschine macht mir sofort einen Kaffee, die Brötchen bekomme ich aufgebacken, ohne dass der Backofen in die Luft fliegt und sogar Eier schaffe ich zu braten. Okay, zwei sind mir verbrannt, ganz ohne Opfer geht halt nichts vonstatten. Auch einen Pfannenwender zerstöre ich, weil, wie ich leider zu spät bemerke, ist es nämlich gar kein

Pfannenwender, sondern ein Kuchenheber aus Plastik. Er verschmilzt kurzerhand mit dem Rührei, als ich ihn in der Pfanne belasse. Damit sind es wohl vier Eier, die meinem Kochversuch zum Opfer fallen. Rührei mit Plastik wird nicht sehr gut schmecken, fürchte ich. Stolz schleiche ich die Treppe hoch und klopfe vorsichtig bei Karla an.

„Hm", murmelt sie hinter der Tür.

„Karla mach mal auf, ich habe keine Hand frei", rufe ich, als ich das vor der Tür feststelle. Das Tablett wackelt verdächtig. Ihr Freund macht auf und blickt mich mit hochgezogenen Augenbrauen an. „Friedensfrühstück." Ich halte ihnen das Tablett entgegen. Beide gucken mich verwirrt an. „Ich will ja nichts sagen, aber das Tablett ist schwer. Und die Eier werden kalt, genauso wie der Kaffee."

Langsam werde ich ungehalten. Ich schiebe mich halb elegant an ihrem Freund, Himmel, den Namen weiß ich immer noch nicht, vorbei und stelle das herrlich duftende Frühstück ab. Vier entgeisterte Augen schauen zwischen mir und dem Essen hin und her. Ich seufze. Ihr dürft es auch essen. So langsam komme ich mir dumm vor.

„Da steht eine Blume in einem Sektkelch", stellt

Karla fest. „Ich könnte schwören, so eine haben wir im Garten." Sie japst lachend nach Luft.

„Haben wir gehabt", gebe ich kleinlaut zu.

Nun erfüllt schallendes Gelächter den Raum. Karla und ihr Freund halten sich die Bäuche. Na danke auch.

„Aber Duster rausschmeißen wollen, wenn er sowas macht."

Karla bekommt sich gar nicht mehr ein. Duster, ah so heißt er also, ich werde es mir merken müssen. Er scheint fest einen Platz in ihrem Herzen zu haben.

„Na, das ist doch mal ein Anfang." Duster klopft mir auf die Schulter.

Alle irre hier, denke ich, ich aber auch.

ENDE

DANKSAGUNG

Ich hoffe, die Geschichte um Anna, Greg und John hat Euch gefallen. Ich möchte mich auf diesem Wege ganz herzlich bei meiner Familie bedanken, die es nicht immer leicht mit mir hatte, wenn ich an meinem Buch arbeitete. Oft verkroch ich mich mit dem Laptop in der Küche und schrieb und schrieb. Ein ganz großer Dank gehört aber auch meinen Testlesern, die mir offen und ehrlich ihre Meinung sagten und auch Verbesserungsvorschläge mitteilten. Danke Vanessa, Monika und Nicole für eure Geduld mit mir und meinem Werk. Ohne Eure lieben Worte hätte ich vielleicht doch aufgegeben. Aber auch Antje Szillat möchte ich sehr danken. Deine offene und ehrliche Kritik war sehr inspirierend. Und natürlich Anna, deren Name mir als erstes einfiel, als ich anfing zu schreiben.

Und zu guter Letzt bedanke ich allen meinen Lesern. Ich danke euch allen von ganzen Herzen!

Verhängnisvoll besessen

Francis hat eine anstrengende Beziehung hinter sich, aus der er nur ganz knapp mit dem Leben davonkommt. Danach schwört er den Frauen mehr oder weniger erfolgreich ab. Eines Tages trifft er jedoch auf Laura und sein Leben ist perfekt, bis sie eines Tages spurlos verschwindet.

Er ahnt, dass Marie Laura entführt hat, kann es aber nicht erklären, geschweige denn sie finden. Auch die Polizei tappt im Dunkeln und verdächtigt sogar ihn. Wie soll Francis der Polizei erklären, dass er Laura nachts im Traum trifft.

Eine Achterbahn der Gefühle und ein Wettlauf gegen die Zeit beginnen. Folge Francis und Laura auf den Spuren ihrer Träume.

Du Bist Vergangenheit

Samira hat den perfekten Ehemann, Martin. Er kümmert sich liebevoll um die beiden gemeinsamen Kinder und liest ihr jeden Wunsch von den Augen ab. Besser kann ihr Leben nicht aussehen. Doch dann sucht ihre erste Liebe, Kai, sie in ihren Träumen heim. All die Jahre mit Martin hat Samira ein Geheimnis gehütet, das nun droht, ans Licht zu kommen, und dass ihre Ehe auf die Probe stellt. Es gibt nur einen Ausweg: Sie muss sich den Geistern ihrer Vergangenheit stellen. Ein Wettlauf gegen die Zeit beginnt.

Wird Samira es schaffen, allem gerecht zu werden, ohne sich selbst zu verlieren? Ein Roman voller Liebe, Romantik, Schmerz und ganz viel Humor.